U0154783

传统文化修养丛书

填词门径

（最新点校本）

（外一种）

（民国）顾宪融 —— 著

李晓丽 —— 整理

上海科学技术文献出版社
Shanghai Scientific and Technological Literature Press

图书在版编目（CIP）数据

填词门径：外一种：最新点校本 / 顾宪融著；李晓丽整理．—上海：上海科学技术文献出版社，2023
（传统文化修养丛书）
ISBN 978-7-5439-8587-2

Ⅰ．①填… Ⅱ．①顾…②李… Ⅲ．①词（文学）—创作方法—中国 Ⅳ．①I052

中国国家版本馆 CIP 数据核字（2022）第 105287 号

组稿编辑：张　树
责任编辑：王　珺
封面设计：留白文化

填词门径（外一种）：最新点校本
TIANCI MENJING（WAI YIZHONG）：ZUIXIN DIANJIAOBEN
［民国］顾宪融　著　李晓丽　整理
出版发行：上海科学技术文献出版社
地　　址：上海市长乐路 746 号
邮政编码：200040
经　　销：全国新华书店
印　　刷：商务印书馆上海印刷有限公司
开　　本：889mm×1194mm　1/32
印　　张：6.125
字　　数：127 000
版　　次：2023 年 8 月第 1 版　2023 年 8 月第 1 次印刷
书　　号：ISBN 978-7-5439-8587-2
定　　价：58.00 元
http://www.sstlp.com

目　录

填词门径

上编　论词之作法

下编 论历代名家词

习用诸调平仄谱目次（下编）

红梵词

填词门径

民国·顾宪融

上编 论词之作法

第一章 绪 论

一 论词与诗文之关系

词者，我国文学中之一体，由诗中蜕变而出者也。故古人学词者，莫不先有诗文之根柢。惟词之为体，既已离诗而独立，不特与文绝异，即与诗亦截然有辨。

形式无论已，且论其内容。王阮亭云：“‘无可奈何花落去，似曾相识燕归来’，定非香奁诗；‘良辰美景奈何天，赏心乐事谁家院’，定非草堂词也。”[①] 刘公戢〔㦷〕亦引老杜诗“夜阑更秉烛，相对如梦寐”，与叔原词“今宵剩把银釭照，犹恐相逢是梦中”相较，以见诗、词之分疆。[②] 盖同一

---

① 王士祯（号阮亭）《花草蒙拾》云：“或问诗词、词曲分界。予曰：‘无可奈何花落去，似曾相识燕归来’，定非香奁诗；‘良辰美景奈何天，赏心乐事谁家院’，定非草堂词也。”

② 刘体仁（字公㦷）《七颂堂词绎·诗词分疆》云：“‘夜阑更秉烛，相对如梦寐’，叔原则云：‘今宵剩把银釭照，犹恐相逢是梦中。’此诗与词之分疆也。”

意境，我人往往因情感之不同，而所获印象不同；而描写之笔致、表现之方法，亦随之而判。精于此者，自能辨别也。

昔人恒言："诗庄词媚。"此"庄、媚"两字，固未足以遽定诗、词之界。我人可以他语补充之，曰：诗硬词软，诗平词皱，诗直词曲；诗外放而词内敛，诗阳刚而词阴柔；诗多显意识之活动，词多潜意识之活动。此其大较也。

总之，词之与诗，实为二事。故学者之程，初无先彼后此之必要；未学诗者，亦非不可学词也。至于散文，其境尤殊。散文之用，多以述事明理；而词之用，但以达情。古今天才作家，侭有能词而不能文者。然在初学，则文气通顺，固为最低之限度，盖工具未全，终不足以语技巧也。

二　论词与音乐之关系

词在宋代，本以合乐。北宋作家，辄当筵命笔，以付管絃，但求谐律，不暇计文字之工也。南渡以后，作者愈多，丝竹宴乐之盛，反不如前。盖渐趋重文字之组织，而音乐之用日减。及元人入主，合胡乐、汉乐而为曲，曲盛而词衰，词之声律终于亡佚。有清词学中兴，则管絃之用已尽废，词之为词，遂脱离音乐而成独立之文学，与诗无异。

凡一切文学，其发展之程序，莫不如是也。是故我人今日学词，侭可置音律于不问，填时但能四声不误，则咏诵之时亦自入耳醉心，初不必求丝竹之助也。且旧谱既佚，无可考求。一二泥古之士，虽复高谈律吕，斤斤于宫调之辨，亦终于叩槃扪烛而已。至如戈顺卿、万红友辈，剖音析韵，细入毫芒，读其所作，乃终卷无一佳词。盖守律过严，已入魔道，虽有才技，亦无所施。此正填词家所切戒也。

三　论词与四声之关系

我国文字为单音节（一字一音），故可就每字发声之强弱、高低，而分为平、上、去、入之四声。此四声之用，在文学上甚为重要。因文学所以表达情感，其声调必求抑扬动听，而四声实为支配声调之枢机也。至于词体之成立，半因句法长短之差异，半亦因四声之变化。故学词者，不可不先明辨四声而熟练之也。

四　论四声之辨别

辨别四声，口授甚易，今欲笔述之则较难。请以鼓声为喻。今以鼓槌轻击鼓之中心，其声“东东”，平声也；击其边，其声“董董”，上声也；更重击其中心，则作“冻冻”声，去声也；按其一边之革而击之，则其声为“笃笃”，入声也。鼓之小者，其声为“东、董、冻、笃”；鼓之大者，又为“同、动、洞、独”。更以锣声为喻，大者“堂、荡、盪、踱”，小者“汤、傥、烫、讬”。因是以辨四声，最为清晰。

五　论四声之练习

四声之辨别尚易，而欲求纯熟则甚难，学者必随时随地注意练习之。其法，先举一平声之字，依次以求上、去、入三声。例如举一“江”字，平声也；依次呼之，可得“讲、绛、觉”之上、去、入三声；次复由上、去、入三声中任举一字，以求其他三声。今按词韵，每部举数例如下：

第一部	东董冻笃	同动洞独	中肿众烛
	嵩耸送束	容拥用欲	虫重仲蜀
第二部	江讲绛觉	邦绑〇卜	章掌障隻（只）
	央痒恙药	王枉旺沃	香响向谑
第三部	支止置质	离李厉力	微尾味〇
	低底帝滴	提弟第迭	灰贿毁忽
第四部	书恕絮〇	鱼语御玉	芦鲁路洛
	初楚错矗	徒杜渡独	枯苦课哭
第五部	街解界脚	孩亥害合	排罢败白
	钗采菜尺	台迨黛突	呆〇戴答
第六部	身沈损塞	因影印益	真轸震职
	文吻问物	纷粉奋忽	温稳问物
第七部	园远怨郁	元阮愿月	先洗线雪
	删散讪撒	官管贯骨	煎剪箭节
第八部	萧小啸削	朝早罩卓	交搅教觉
	敲巧〇却	豪皓号学	刀倒到〇
第九部	歌古顾国	多赌〇笃	俄我饿〇
	柯可课哭	波播簸北	蹉脞挫蹙
第十部	娲瓦画划	麻马骂麦	家假嫁脚
	爷夏下乐	巴把霸伯	华瓦话划

第十一部	庚梗更格	兵丙柄璧	星醒性惜
	铭茗命○	登等凳得	蒸整赠则
第十二部	求舅旧极	留柳溜力	侯后候○
	尤有又亦	周走咒则	鸠九救击
第十三部	侵寝浸即	深审甚识	壬荏任贼
	今噤禁急	阴饮荫忆	临懔令力
第十四部	覃淡蛋踏	甘感绀合	盐陷艳叶
	严㩘念孽	凡犯饭罚	添舔忝铁

学者如上表所列，时时练习，自能举一反三。惟各地方音不同，练习时难免无差误。故学者稍遇疑惑之处，宜随时检查字典，以证其是否。查检既多，并可熟悉韵目，而一字之平仄兼收、上去通叶者，亦可多所记忆，于将来填词造句时为益甚大。

六　论学词应先读词

学词必先能鉴赏，而后方可创作，此一定之程序也。读他人之词而得其趣味，其声调作法，融会于心，一旦自己有所感触，下笔自能谐和。倘所读不多，或读之而未得其趣味，按谱硬填，决无是处。且文艺之事，创作须有天才，鉴赏则几尽可人能。故学词而但求鉴赏，不求创作，即只读而不填，亦未始不可谓已达其一半之目的也。

七　论读词之方法

读词之法，先宜小令，而后长调，取其音节之美易见也。宜先近人而后唐、宋，取其时代相近，材料背景多相似也；尤宜先郭频伽、吴蘋香、郑板桥诸家[①]，取其轻松流利，易得其趣味也。宜先选本而后专集，取其省决择之劳也。宜先择有圈点、评注之本，圈点取其易读，评注取其能助我思考也。

初读一生调之词，必取谱旁置，认明此调之声韵及句法，然后发声吟诵，而字音必须个个准确，不令稍有牵强。苟能如是，则即使无人面授，读二三遍后，宜自能上口，且自觉其疾徐轻重之间，固有一定之标准。入耳会心，词句之美，乃与音调之美融而为一，一似天造地设，有此调斯有此词、有此词斯有此调者。至于如是，鉴赏之能事方尽，则可更取其他同调之词读之，以求精熟。每调能熟读名作四五首，则此调之平仄，自能背诵不忘矣。

① 此数家（郭麐、吴藻、郑燮），第五章“论清词”均有例述。

第二章　论词之形式

一　论二字句

词句长短不同，而其平仄、句法皆有一定，学者不可不细辨也。

词句之最短者为一字句，如《十六字令》之第一句是，然其用甚少。稍长则为二字句，其平仄可分四种：

（一）平仄　如《河传》之“湖上”“闲望”（温庭筠）（以下所引诸词，皆见本书。）

（二）仄平　如《河传》之“终朝”“柳堤”（温庭筠）

（三）仄仄　如《惜红衣》之“故国”（姜夔）

（四）平平　如《南乡子》之“茫茫”“斜阳”（冯延巳）

以上四种，后一字平仄皆不可移易；前一字或可通融，但总以从原词为是。

二　论三字句

三字句之平仄，可分八种：

（一）平仄仄　如《更漏子》之“春雨细”（温庭筠）

（二）仄平平　如《祝英台近》之“宝钗分”（辛弃疾）

（三）平平仄　如《忆秦娥》之“箫声咽”（李白）

（四）仄仄平　如《长相思》之“汴水流、泗水流”（白居易）

（五）仄平仄　如《金缕曲》之“为兄剖”（顾贞观）

（六）平仄平　如《平韵满江红》之“闻珮环”（姜夔）

（七）仄仄仄　如《一叶落》之“一叶落”（后唐庄宗）

（八）平平平　如《寿楼春》之“今无肠”“良宵长”（史达祖）

以上八种中，前四种为普通句法，后四种为特别句法，平仄皆不可移易。至于上几、下几之区别，在四字以上之句固甚重要，而三字则可不拘。以其只有上一下二与上二下一之二种，字数既少，读之无顿逗，填时自可随意也。

三　论四字句

四字句之平仄，普通者有二种：

（一）平平仄仄　如《减字木兰花》之“徘徊不语”。如系单句，一、三平仄可移易，例如原词“画桥流水”（王安国）。如系对句，则其所对之句必为仄仄平平，故第三字不能易，而第一字亦须与所对之句相对也。

（二）仄仄平平　如《减字木兰花》之“月破黄昏”“不似垂杨”（王安国），平仄惟第一字可易。

此外更有特别句法多种，略举于下：

（三）平平仄平　如《醉太平》之“情高意真”“眉长鬓青”（刘过）

（四）平仄平仄　如《如梦令》之“依旧依旧”（秦观），《调笑令》之“团扇团扇”（王建）。其实系二字叠句，非四字也。

（五）仄平平平　如《寿楼春》之“照花斜阳”“楚兰魂伤”（史达祖）。

以上（三）（四）皆定格。（五）惟第一字可易。至于四字皆平或者皆仄者，惟长调中特定之格有之，平仄更不可易也。

凡四字之句，皆两两平行，惟《水龙吟》“揾英雄泪”（辛弃疾）作上一下三耳。

四　论五字句

五字句普通句法，大都上二、下三，与五言诗句相同。兹如诗句之例，分为平起仄收等四种。（凡五、六、七言之句，第二字平声曰“平起”，第二字仄声曰“仄起”，末字仄声曰“仄收”，末字平声曰“平收”。）

（一）平起仄收　如《菩萨蛮》之“玉阶空竚立”（李白），首字平仄不拘。

（二）仄起平收　如《忆江南》之“独倚望江楼”（温庭筠），首字平仄不拘。

（三）仄起仄收　如《菩萨蛮》之“宿鸟归飞急”（李白），首字平仄不拘。

（四）平起平收　如《菩萨蛮》之“有人楼上愁”（李白）。一、三两字虽可不拘，但总以用“仄平平仄平”为宜。

此外有作上一、下四者，为特别句法，实即四字句加一字豆也[①]。如《洞仙歌》“自清凉无汗”（苏轼），《寿楼春》“裁春衫寻芳”（史祖达）等。不多举例。此种句法，其首字平仄皆不可易，下四字则如四字句法之例。

五　论六字句

六字句皆两字平行，普通句法有二：

（一）平起平收　如《相见欢》之“无言独上西楼”（李后主）。一、三平仄不拘。

（二）仄起仄收　如《如梦令》之“莺嘴啄花红溜〔溜〕”（秦观）。一、三、五平仄不拘。

此外有特别句法二种：

---

① 书中“豆”“逗”前后使用不一，意则相同。

（三）平起仄收　如《念奴娇》之“消磨多少豪杰”（苏轼），《调笑令》之“美人并来遮面”（王建），前者第四字用仄，后者第四字用平，皆为定格。

（四）仄起平收　如《念奴娇》之“遥想公瑾当年”（苏轼），《调笑令》之“谁复商量管絃”（王建），前者第四字用仄，后者第四字用平，皆定格。

此种特别句法，即诗中拗句。其一、三、五字之平仄，虽有可通者，但总以从原句为妥。更有上一、下五之句法，如《青玉案》之“但目送芳尘去”（贺铸）；上三、下三之句法，如《水龙吟》之“浑不见花开处”（苏轼）。实则前者为五字句上加一字豆，后者为三字句上加三字豆也。

六　论七字句

七字句之普通句法，多为上四、下三或上二、下五。此二种之分别，实无关重要，学者可以不问。至其平仄，有四种：

（一）仄起仄收　如《减字木兰花》之“雨湿落红飞不起”（王安国）

（二）平起平收　如《阮郎归》之“南园春半踏青时”（冯延巳）

（三）仄起平收　如《丑奴儿》之“中有伤春一片心”（朱藻）

（四）平起仄收　如《菩萨蛮》之“平林漠漠烟如织”（李白）

此外更有上三、下四与上一、下六之特别句法。上三下四者，如《唐多令》之“二十年重到南楼”（刘过），《洞仙歌》之“金波淡玉绳低转”（苏轼）；上一下六者，如《双双燕》之“又软语商量不定”（史达祖），第一字为豆，读法与上三下四者无异也。

七言拗句，均为特别句法，略举之。如《洞仙歌》之“水殿风来暗香满”（苏轼），第六字必平；《恋绣衾》之“漏残酒醒灯半昏”（项鸿祚），第六字必仄，且以用去为佳；《贺新郎》之“芳草王孙知何处”（苏轼），第六字必平；《寿楼春》之“相思未忘蘋藻香”（史达祖），惟第三字可平，馀不能易。凡此种拗句，其拗处即为定格，学者最宜注意也。

词中无八字句；有之，必为五字句加三字豆，或七字句加一字豆。若九字句，则为六字句加三字豆，或分作四、五二句读。兹不赘。

七　论词韵之种类

南宋以前，初无词韵专书，填词者但以当时普遍之语音作标准，且有杂以自己方音者，盖但求其音相近，可以歌唱而已。及南宋初，朱希真始作“应制词韵十六条”，元陶宗仪曾讥其混淆。今此书早亡佚。绍兴间，更有《菉裴轩词韵》，今江都秦氏所刻《词学全书》中有之。但后人疑其伪托，谓系曲韵而非词韵。清初，沈谦著《词韵略》，毛先舒为之扩略。自是赵钥、曹亮武之《词韵》，李渔之《词韵》，吴文焕之《文会堂词韵》，许昂霄之《词韵考略》，吴烺之《学宋斋词韵》，郑春波之《绿猗亭词韵》，戈顺卿之《词林正韵》等，先后续出，详略不同，宽严各异。而要以戈氏《词林正韵》为最完善，填词者佲以此为依据，而其他诸书，概置不论可矣。

八　论词韵之检用法

词韵与诗韵，略有不同。试检本书下卷之韵目观之，可见其与诗韵分合之异。其中共十九部，以平声领上、去二声统为十四部，而入声另为五部。普通平声、入声皆独押，而上、去则可通押。兹举例如下。

十六字令　周邦彦

眠。月影穿窗白玉钱。无人弄，移过枕函边。
○　○○○○○○○　　　○　　○○○○

此为叶平声之例，“眠、钱、边”三字，同属第七部平声韵也。

好事近　黄鲁直

一弄醒心絃，意在两山斜叠。弹到古今愁处，有真
　　　　○　　○○○○○　　　　　　○　　○

珠承睫。　使君来去本无心，休泪界红颊。自恨老来
○○○　　　　　　　○　　○○○○

憎酒，负十分蕉叶。
　○　　○○○○

此为叶入声之例，“叠、睫、颊、叶”四字，皆属十八部之入声韵也。

谒金门　薛昭蕴

春满院，叠损罗衣金线。睡觉水晶簾不卷，簾前双语燕。　斜掩金铺一扇，满地落花千片。早是相思肠欲断，忍教频梦见。

此乃叶上去声之例，“院、线、燕、扇、片、见”六字皆去声，而“卷、断”二字者今为上声，因同属第七部，故可通叶。

九　论词谱之种类

读词既多，调自精熟，某字平仄可易，某字平仄不可易，自能辨别，填时固毋须用谱。惟长调记忆较难，而初学者尤患无所依据，则词谱亦自有用也。词谱之种类甚多，普通所用，有《钦定词谱》、万红友《词律》、毛先舒《填词图谱》、舒梦兰《白香词谱》、顾佛影《增广白香词谱》等数种。《钦定词谱》共八百二十六调，二千三百六体；万氏《词律》六百五十九调，一千七百七十三体，皆卷帙浩繁，立论庞杂。而毛氏《填词图谱》，讹误尤多。初学者，以《白香词谱》为最适用，以是书所选只一百调，为填词家所习用也。此书更有各家考正本，其中尤以天虚我生考正本为最佳，每调之后更附“考正”及“填词法”，学者得此一编，大可省得冥行索埴之苦矣。倘病其太简，则又更备顾氏《增广白香词谱》一部，此书除《白香词谱》所收百调外，更增选二百馀调，每调亦附考正，词中可考之调，实尽于是矣。

十 论词谱之检用法

《白香词谱》及《填词图谱》，于每字之右，均附以平仄之符号，平为○，仄为●，平而可仄者为◓，仄而可平者◒。《考正白香词谱》，则于后之二者不复分别，但作◉，以示平仄不拘。学者按图填字，自无失粘之病。《词律》虽不字字标明平仄，而实则凡其两旁不标平仄之字，即属平仄不可移易之字；苟有可以通用者，则必于其左旁注明“可平”或“可仄”，其用法实与有图者无异也。

凡各谱中有种种名称，均为学者所不可不知者。兹分述如下：

（韵） 凡谱中注有“韵”字者，即本词起首用韵之处。

（叶） 凡谱中注有“叶”字者，即与上用之韵属一部，不能换押他韵。

（句） 凡谱中注“句”字者，此句不须押韵。

（豆） 凡谱中注“豆”字者，即一句之中之顿逗处。“豆”本应写作“读”，圈去声，因从简便都写作“豆”。

今举一例如左：

醉花阴　李清照

薄雾浓云愁永昼（韵），瑞脑喷金兽（叶）。佳节又重阳（句），宝枕纱幮（豆），昨夜凉初透（叶）。　东篱把酒黄昏后（叶），有暗香盈袖（叶）。莫道不消魂（句），簾捲西风（豆），人比黄花瘦（叶）。

◇喷金兽：一作“消金兽”。宝枕：一作“玉枕”。纱幮：一作“纱橱（厨）”；幮，同“橱（厨）”。

右词第一句七字，以“昼”字起韵；第二句五字，以“兽”字叶，即“兽”字与“昼”字，必同在一部韵内也。第三句五字不押韵，第四句九字以“透”字叶，惟于第四字“幮”字处作豆，以为顿挫。后半均如前例，可类推也。

（换） 凡谱中注有“换平”者，必其上句皆押仄韵，至此乃换平韵；其注“换仄”者，必其上句皆押平韵，至此乃换仄韵。既换平韵之后，复押仄韵，而与上文之平韵不必同为一部者，谓之“三换仄”；必须同为一部者，为（谓）之“叶仄”。由平换仄而三换平者，同此例。自三换仄而四换平、三换平而四换仄者，其理更可类推。

今举一例如左：

菩萨蛮　李白

平林漠漠烟如织（韵），寒山一带伤心碧（叶）。暝色入高楼（换平），有人楼上愁（叶平）。　　玉阶空竚立（三换仄），宿鸟归飞急（叶三仄）。何处是归程（四换平），长亭连短亭（叶四平）。

◇暝，原作“瞑”，不确，径改。下文多类同者，亦径改。连，一作“更”。

前词第一、二句叶仄韵，三、四句换平韵，五、六句三换仄，七、八句四换平，如谱甚明。兹更举一例：

相见欢　李煜

无言独上西楼（韵），月如钩（叶），寂寞梧桐（豆），深院锁清秋（叶）。　　剪不断（换仄），理还乱（叶仄），是离愁（叶平）。别是一般滋味在心头（叶平）。

◇一般：一作“一番”。

前词第一、二、三句均叶平韵，四、五句换仄；六句复换平，而此“愁”字必与上文“楼、钩、秋”同在一部，故不曰“三换平”，而曰“叶平”也。

（叠）凡谱中注“叠”者，有四种之区别。

一曰叠句，例如下：

如梦令　秦观

莺嘴啄花红溜（韵），燕尾剪波绿皱（叶）。指冷玉笙寒（句），吹彻小梅春透（叶）。依旧（叶），依旧（叠句），人与绿杨俱瘦（叶）。

◇剪：一作“点”。

前词中“依旧，依旧”即叠句也。

二曰叠字，例如下：

忆秦娥　李白

箫声咽（韵），秦娥梦断秦楼月（叶）。秦楼月（叠三字），年年柳色（句），灞陵伤别（叶）。　　乐游原上清秋节（叶），咸阳古道音尘绝（叶），音尘绝（叠三字），西风残照（句），汉家陵阙（叶）。

前词中“秦楼月”“音尘绝”，均叠前句尾三字也。

三曰倒叠字，例如下：

调笑令　王建

团扇（韵），团扇（叠句），美人病来遮面（叶）。玉颜憔悴三年（换平），谁复商量管絃（叶平）。絃管（三换仄，倒叠二字），絃管（叠句），春草昭阳路断（叶三仄）。

◇病：原作“并”；昭：原作“照”，均误，径改。

前词中，“絃管”即倒叠前句尾二字也。

四曰倒叠韵，例如下：

长相思　白居易

泗水流（韵），汴水流（叠韵），流到瓜山古渡头（叶），吴山点点愁（叶）。　　思悠悠（叶），恨悠悠（叠韵)，恨到归时方始休（叶)，月明人倚楼（叶)。

◇首二句，今多作“汴水流，泗水流”。瓜山：一作“瓜洲”。

前词中“泗水流、汴水流”，“思悠悠、恨悠悠”，均系叠韵，又有一例：

钗头凤　陆游

红酥手（韵)，黄藤酒（叶)，满城春色宫墙柳（叶)。东风恶（换仄)，欢情薄（叶二仄)，一怀愁绪（句)，几年离索（叶二仄)，错（叶二仄)，错（叠)，错（叠)。　春如旧（叶首仄)，人空瘦（叶首仄)，泪痕红裛鲛绡透（叶首仄)。桃花落（叶二仄)，闲池阁（叶二仄)，山盟虽在（句)，锦书难托（叶二仄)，莫（叶二仄)，莫（叠)，莫（叠)。

◇绡：原作“销”，误。

前词前后两结处“错错错”“莫莫莫”，亦叠韵之一种。其实谓之叠字、叠句，亦无不可也。

（阕） 阕者，一曲告终而少息之谓也。双调都两阕而成一首，长调则有多至三阕、四阕者。凡两阕者，称上半首为“上半阙”，或称“前阕”；称下半首为“后半阕”，亦称“后阕”。多至三、四阕者，则称“第一阕”“第二阕”，以下类推。万氏《词律》，则称为“段”。[1]

---

① 词之“阕”，今亦称“片”。上、下阕，又称“上、下片”。

十一　论调名与词之关系

俞少卿云："唐词多缘题作赋，《临江仙》则言水仙，《女冠子》则述道情，《河渎神》则缘祠庙，《巫山一段云》则述巫峡，《醉公子》则咏公子醉也。"①

胡元瑞云："诸词所咏，固即词名，然词家亦间如此，不尽泥也。《菩萨蛮》称唐世诸调之祖，昔人著作最众，乃无一曲与词名相合。馀可类推。犹乐府然，题即词曲之名也，声调即词曲音节也。宋人填词绝唱，如'流水孤村''晓风残月'等篇，皆与调名了不关涉。而王晋卿《人月圆》，谢无逸《渔家傲》，殊碌碌无闻。则乐府所重，在调不在词矣。"②

按：词调初起，皆民间乐曲，如今之《一枝花》《四季相思》之类。文人按歌填词，但求协律，而于字数、平仄漫无限制，《花间集》中《河传》《酒泉子》《荷叶杯》等之几于人各一体是也。惟此种乐曲为数不多，遂有别著新词、创为新调者，即以词题名其调，《河渎神》《临江仙》《女冠子》等是也。亦有不以词题，而摘取词中字句题名者，如《忆王孙》

---

① 俞彦（曾官光禄寺少卿），明代词人，尤工小令。此处引文，应本宋黄昇《唐宋诸贤绝妙词选》卷一李珣《巫山一段云》词二首下之注，云："唐词多缘题所赋，《临江仙》则言仙事，《女冠子》则述道情，《河渎神》则咏祠庙，大概不失本题之意。尔后渐变，去题远矣。"

② 引文见胡应麟（字元瑞）《少室山房笔丛·艺林学山》。清邹祗谟《远志斋词衷》亦引及此论。

（秦观作，取"萋萋芳草忆王孙"句。）《如梦令》（唐庄宗作，"如梦，如梦，残月落花烟重"。）等是也。更有袭用古乐府旧题为名者，如《调笑令》《何满子》《昭君怨》等是也。更有任取古事物或古人名句制名者，如《浣溪沙》（实"浣纱溪"之误，用西施浣纱事。）《菩萨蛮》（"蛮"本作"鬘"，西域妇人髻也。唐太宗初，女蛮国贡女乐，危髻金冠，缨络披体，号"菩萨蛮队"。）是也。由是以言，则调名之于词意，本无甚关系。盖调名者，形式之事也；词意者，内容之事也。我人填词，侭可取其音节而自抒所感，于调名则但视为一种音节之符号可矣。

十二　论令、慢之别

词有小令、中调、长调之分，《草堂［诗馀］》创其例，而后人因之。宋翔凤《乐府馀论》曰：

> 词之分小令、中调、长调者，以当筵伶伎，以字之多少，分调之长短，以应时刻之久暂。如京师演剧，分大齣、中齣、小齣也。《草堂》一集，盖以征歌而设，故别题"春景""夏景"等名，使随时即景，歌以娱客；题"吉席""庆寿"，更是此意。其中词语，间与集本不同。其不同者恒平俗，亦以便歌。以文人观之，适当一笑；而当时歌伎，必需此也。
>
> 原其始，固先有小令，唐人乐府皆小令也。其后以小令微引而长之，于是有《阳关引》《千秋岁引》《江城梅花引》之类。又谓之"近"，如《诉衷情近》《祝英台近》之类，以音调相近，从而引之也。引而愈长者，则为"慢"。"慢"与

“曼”通，“曼”之训“引”也、“长”也，如《木兰花慢》《长亭怨慢》《拜新月慢》之类。其始皆令也。亦有以小令曲度无存，遂去“慢”字。亦有别制名目者，则“令”之〔者〕，乐家所谓“小令”也；曰“近”、曰“引”者，乐家所谓“中调”也；曰“慢”者，乐家所谓“长调”也。不曰令、曰引、曰近、曰慢，而曰小令、中调、长调者，取流俗易解，又能包括众题也。

此说似甚详尽，而于小令、中调、长调之分，究以何者为标准，终未明了。查近代各家，如钱塘毛氏，以五十八字以内为小令，五十九字至九十字为中调，九十一字以外为长调。万红友驳之，谓“少一字则短，多一字则长，必无是理”，故其《词律》不分小令、中调、长调等名。其实毛、万二氏，均属武断。天虚我生曰：

毛氏作《词韵括略》，纯出臆断，而牵强引附，乖讹已多，已足见其妄。万氏但寻字句，不谙音乐，谬诩知音，乃创推翻小令等说，多见其浅且陋耳。

夫小令，即引子也；中调，即过曲也；长调，即慢词也。在曲谱中，固有区别，非可混用。盖引子皆散板，惟用于出场；过曲则起板、赠板，用于唱工正场，犹皮黄之原板，故亦有用冲场过曲、不加引子者；长调则系慢板正曲，犹皮黄调之有正板也。谓无区别，得（可）乎？故以《临江仙》为中调者，正为为毛氏所误。盖《临江仙》实［南吕］

引子，其为小令，固甚明也。而红友以为小令、中调，竟不必分，则尤非是。洵如彼言，试问制曲者，固可于一曲中引子、过曲相间而用否耶？要不待向老伶工而后知矣。①

此说最为透彻，当无可疑。然词在今日，既不需歌，则引子、过曲等，尚有何别？小令、中调等之分，亦已全失其意义。我人倘为说明便利计，仍欲沿用其名，则姑从毛氏之说，亦未为不可也。

十三　论调名之同异

词有调同而名异者，有名同而调异者。如唐人小令《河传》《酒泉子》《荷叶杯》等，字数、平仄差异绝多，几于人各一体；即同为一人之作，而亦每有不同。至于后创之调，其始原只一体，乃亦以后来作者之疏漏，或传抄之脱讹，而变为数体。此皆所谓"名同而调异"者也。纂谱者搜集务详，而又惮于考订，每别之为"又一体""又一体"。《词律》等书中，即熟见之调如《满江红》《念奴娇》等，亦往往多至十馀体，可谓胡闹。今我人倘用唐人小令，则可注明"从某某体"，以清眉目。若用后创之调，则宜先加以考订，考其调所由创、名所由起。其无可考者，始取多者证之，"三人占则从二人"可矣。

亦有宜注意者，如仄韵之叶入声者，往往亦可叶平韵，此则确为二体。我人宜于少见之一体，冠以"平韵"或"仄韵"字

① 引文见天虚我生《考证白香词谱》中《临江仙》之"考正"。

样。例如《满江红》《忆秦娥》以仄韵为正格，则用平韵者必标以《平韵满江红》《平韵忆秦娥》之名，而仄韵者仅书《满江红》《忆秦娥》可矣。若《浣溪纱》之以平韵为正格者，反之。

至所谓“调同而名异”者，大率为一二好奇之士，取旧谱立新名。（张宗瑞词一卷，悉易新名。）如《如梦令》之一曰《忆仙姿》也，《菩萨蛮》之一曰《重叠金》也，《清平乐》之一曰《忆萝月》也。词谱所载，一调咸有数名。究其调之所始、名之孰先孰后，或可考，或不可考。其可考者，如宋人自度腔，原词未佚，我人用其谱即用其名，固可毋论矣。若其不可考者，则必古今作者已多，我人既用此调，必择普遍习用之名标之，始可令人披卷晓然。况词之良否，与调名何预耶？王阮亭云：“词选须从旧名，如《本草》志药，一种数名，必好称新目，无裨方理，徒惑观听。故好用旧谱之改称者，如《本草》中之别名也。又有自立新名，按其词则枵然无有者，如《清异录》中药名，好奇妄撰也。”然间有古名无谓，而偶易佳名者，如用修（杨慎）易《六醜》为《个侬》，阮亭易《秋思耗》为《画屏秋色》，但就本词称之，不妨小作狡狯。[①]

---

① 此处王士禛（号阮亭）语，及其后数句，均见邹祇谟《远志斋词衷》。清沈雄《柳塘词话》亦云：“唐宋诸词、《花间》《草堂》，习久传多，僻调异名，每置不问。近来异体怪目，渺不可极，故词选须用旧名。如《本草》志药，一种数名。必好称新目，徒惑视听，无裨方理。犹必辨以宫律，溯之原起，乃为有当。若后人自度，或前后凑合，更立新名，则吾岂敢定哉？”

第三章 论词之内容

一 论意内言外

“词”与“辞”通。《说文》云“意内言外”，此不过解释“词”字之本意，谓以言达意而已，与词体之“词”，初无关系。惟后之词家，每喜借“意内言外”四字以诠发词之内容，引申曲譬，遂成神秘之谈，言之愈玄，而其义愈晦。盖文学实有至高之境，无可言说，惟有谈〔读〕古人名作，求诸神韵之间，含咀反覆，一旦豁然大悟，始知方寸灵山，正不在远耳。

虽然，近人论词，亦有精当语，足以发其微者。止庵周氏曰：“词非寄托不入，专寄托不出。一物一事，引申触类，意感偶生，假类必达，斯入矣。万感横集，五中无主，赤子随母，啼笑向人，缘剧喜怒，能出矣。”[①] “初学词，求有寄

① 周济（晚号止庵）《宋四家词选目录序论》：“夫词，非寄托不入，专寄托不出。一物以事，引而伸之，触类多通，驱心者若游丝之缳飞英，含毫如郢斤之斫蝇翼。以无厚入有间，既习已，意感偶生，假类毕达，阅者千百，謦欬勿违，斯入矣。赋情独深，逐境必寤，酝酿日久，冥发妄中；虽铺叙平淡、摹绘浅近，而后万感横集，五中无主；读其篇者，临渊窥鱼，意为鲂鲤，中宵惊电，罔失东西，赤子随母笑啼，乡人缘剧喜怒，抑可谓能出矣。”又《介存斋论词杂著》：“初学词，求有寄托，有寄托则表里相宜，斐然成章。既成格调，求无寄托，无寄托，则指事类情，仁者见仁，知者见知。北宋词，下者在南宋下，以其不能空，且不知寄托也；高者在南宋上，以其能实，且能无寄托也。南宋则下不犯北宋拙率之病，高不到北宋浑涵之诣。”

托，有寄托则表里相宜，斐然成章”，即“意内”之谓也；“既成格调，求无寄托，无寄托则指事类情，仁者见仁，智者见智”，即“言外”之谓也。又董晋卿之论词也，曰“以无厚入有间”①；蒋剑人之论词也，曰“以有厚入无间”②，其实皆“意内言外”之旨也。“以无厚入有间”者，重在“意内”，即以有寄托入也；“以有厚入无间”者，重在“言外”，即以无寄托出也。填词三昧，不外乎是，学者于以消息焉可也。

二 论先空后实

张玉田云：“词要清空，勿质实。清空则古雅峭拔，质实则凝涩晦昧。姜白石如野云孤飞，去留无迹；吴梦窗如七宝楼台，眩人眼目，拆碎下来，不成片段。”③ 按：玉田词派，

---

① 董士锡（字晋卿），清代“常州词派”成员。其词学主张见于《齐物论斋集》中，尤其是《周保绪词叙》《餐华吟馆词序》等有关“词叙”之论。

② 蒋敦复（号剑人）《芬陀利室词话》卷二：“壬子秋，雨翁与余论词，至‘有厚入无间’，辄敛手推服曰：‘昔者吾友董晋卿每云“词以无厚入有间”，此南宋及金元人妙处……吾子所言，乃唐五代北宋人不传之秘。”

③ 张炎（号玉田）《词源》卷下：“词要清空，不要质实。清空则古雅峭拔，质实则凝涩晦昧。姜白石词如野云孤飞，去留无迹。吴梦窗词如七宝楼台，眩人眼目，碎拆下来，不成片段。此清空质实之说。梦窗《声声慢》云：‘檀栾金碧，婀娜蓬莱，游云不蘸芳洲。’前八字恐亦太涩。如《唐多令》云：‘何处合成愁。离人心上秋。纵芭蕉不雨也飕飕。都道晚凉天气好，有明月、怕登楼。 前事梦中休。花空烟水流。燕辞归、客尚淹留。垂柳不萦裙带住，谩长是，系行舟。’此词疏快，却不质实。如是者集中尚有，惜不多耳。白石词如《疏影》《暗香》《扬州慢》《一萼红》《琵琶仙》《探春》《八归》《淡黄柳》等曲，不惟清空，又且骚雅，读之使人神观飞越。”

尚空而不尚实，故其言如是。其实词之妙处，空与实正相互济。盖空者其气、实者其体也。气不可实，实则滞；体不宜空，空则滑。梦窗佳处，故非玉田所能梦见，以玉田仅知有空，不知有实也。夫空、实之界，实为两宋鸿沟。

周止庵云："北宋词，下者在南宋下，以其不能空，且不知寄托也；高者在南宋上，以其能实，且能无寄托也。南宋则下不犯北宋拙率之病，高不到北宋浑涵之诣。"[①] 此亦想系时运风会使然。清浙派诸人，执于玉田一偏之论，但以白石为止境，不肯入北宋人一步。而有不能到白石清灵之境，又何怪流弊所极，至于剽滑浮薄而不可救乎？

今以言学者之程，则空易实难。故初学词，必先求空，空则灵气往来；既成格调，求实，实则精力弥满。夫学者果至于精力弥满，则骊珠已得，所谓雷霆万钧，冰雪一片，笔墨之痕已化，尚安有不空且灵者乎？

三　论十六要诀

清　轻　新　雅　灵　脆　婉　转

留　托　澹　空　皱　韵　超　浑[②]

天之气清。人之品格高者，出笔必清。五彩陆离，不知命意所在者，气未清也。清则眉目显，如水之鉴物无遁形。故贵清。

重则板，轻则圆；重则滞，轻则活。万钧之鼎，随手移去，岂不大妙！

---

① 引文见周济《介存斋论词杂著》。

② 此处原本为"挥"，由下文可知当作"浑"，故径改。

陈言满纸，人云亦云，有何趣味？若目中未曾见者，忽焉睹之，则不觉拍案起舞矣。故贵新。

座中多市井之夫，语言、面目，接之欲呕，以其欠雅也。街谈巷语，入文人之笔，便成绝妙文章。一句不雅，一字不雅，一韵不雅，皆足以累词。故贵雅。

惟灵能变，惟灵能通；反是，则笨、则木。故贵灵。

莺语花间，动人听者，以其脆也。音如败鼓，人欲掩耳矣。故贵脆。

恐其平直，以曲折出之，谓之婉。如清真“低声问”数句[①]，深得“婉”字之妙。

路已荒而复开出之，谓之转。如“谁得似，长亭树？树若有情时，那（不）会得青青如此”[②]，“共约雁归时，人赋归与。雁归也，问人归、如雁也无”[③]，“甚近来、翻致无书，

① 句出周邦彦《少年游·别情》，全词：“并刀如水，吴盐胜雪，纤手破新橙。锦幄初温，兽烟不断，相对坐调笙。　低声问：向谁行宿？城上已三更。马滑霜浓，不如休去，直是少人行。”

② 句出姜夔《长亭怨慢》，全词：“渐吹尽、枝头香絮，是处人家，绿深门户。远浦萦回，暮帆零乱向何许？阅人多矣，谁得似，长亭树？树若有情时，不会得青青如此。　日暮，望高城不见，只见乱山无数。韦郎去也，怎忘得、玉环分付：第一是早早归来，怕红萼无人为主。算空有并刀，难剪离愁千缕。”

③ 句出王沂孙《声声慢》，全词：“啼蛩门静，落叶阶深，秋声又入吾庐。一枕新凉，西窗晚雨疏疏。旧香旧色换却，但满川、残柳荒蒲。茂陵远，任岁华苒苒，老尽相如。　昨夜西风初起，想莼边呼棹，橘后思书。短景凄然，残歌空叩铜壶。当时送行共约，雁归时、人赋归欤。雁归也，问人归、如雁也无。”

书纵远，如何梦也都无”[1]，皆用转笔以见其妙者也。

何谓“留”？意欲畅达，词不能住，有一泻无馀之病。贵能留住，如悬崖勒马，用于收处最宜。

何谓“托”？泥煞本题，词家最忌。托开说去，便不窘迫，即纵送之法也。

花之澹者，其香清；友之澹者，其情厚。耐人寻绎，正在于此。故贵澹。[2]

天以空而高，水以空而明，性以空而悟。空则超，实则滞。

石以皱为贵，词亦然。皱必无滑易之病。梦窗最善此。

韵即态也。美人之行动，能令人一见销魂者，以其韵致胜也。作词能摄取古人神韵，则传矣。

识见低，则出句不超。超者，出乎寻常意计之外。白石尚焉。

何谓“浑”？如“泪眼看花花不语，乱红飞过秋千去”[3]，

---

① 句出张炎《渡江云·山阴久客一再逢春回忆西杭渺然愁思》，全词：“山空天入海，倚楼望极，风急暮潮初。一帘鸠外雨，几处闲田，隔水动春锄。新烟禁柳，想如今、绿到西湖。犹记得、当年深隐，门掩两三株。　愁余。荒洲古溆，断梗疏萍，更漂流何处。空自觉、围羞带减，影怯灯孤。常疑即见桃花面，甚近来、翻笑无书。书纵远，如何梦也都无。”

② 原本缺“澹”字诀，据清孙麟趾《词径》补。此十六字要诀，均源出《词径》“作词十六要诀”。

③ 句出冯延巳（一说欧阳修）《蝶恋花》，全词：“庭院深深深几许，杨柳堆烟，簾幕无重数。玉勒雕鞍游冶处，楼高不见章台路。

雨横风狂三月暮，门掩黄昏，无计留春住。泪眼问花花不语，乱红飞过秋千去。”

“江上柳如烟，雁飞残月天”[①]，“西风残照，汉家陵阙”[②]，皆以浑厚见长者也。词至浑，功候十分矣。

四　论词之布局

词中小令，犹诗之绝句，寥寥数语，谋篇自易，但有一二警句，即可缀饰成章。长调则犹诗之歌行，其起结承转、开合呼应，必先斟酌配合，务使骨肉停匀、步武整饬，而后方可下笔。故布局之事，尤其重要。

作者择定一调，先视其字数多寡，以定局势之广狭；再视其音节之抑扬高下，以定其字面之虚实轻重。腔之转折处，即词之转折处也；腔之顿挫处，即词之顿挫处也。宋人词，大都上半阕写景，下半阕言情；然景中必寓情，情中亦必寓景；或情景夹写，或兼及叙事。总之，前半阕不可将意思说尽，方留得后半阕地步；后半阕须开拓说去，方不犯前半阕意思。而通篇尤须限定一种意境，不可一句作“残月晓风”，一句作“大江东去”也。

五　论词之起结

小令篇幅既短，着墨不多，放下去就要提起来，中间初无

---

① 句出温庭筠《菩萨蛮》，全词：“水精簾里颇黎枕，暖香惹梦鸳鸯锦。江上柳如烟，雁飞残月天。　　藕丝秋色浅，人胜参差剪。双鬓隔香红，玉钗头上风。”

② 句出李白《忆秦娥》，后文可见全词。

回旋之地。故起处须意在笔先，结处须意留言外；起处不妨用偏锋，结处最宜用重笔。如周邦彦《少年游·别情》起句："并刀如水，吴盐胜雪，纤手破新橙。"正是用偏锋也。下云："锦幄初温，兽香不断，相对坐调笙。"则姿媚旁生，情事如见。后半云："低声问，向谁行宿？城上已三更。马滑霜浓，不如休去，直是少人行。"则以"低声问"三字一转，便一步紧一步，一笔重一笔，直贯到底，更不回头，令人掩卷后犹作三日想也。

小令结语，尤重于起语，犹绝诗之重在后联也。惟词则以调之不同，意随音节而变。古来作者，神奇百出。如唐温庭筠之"一叶叶，一声声，空阶滴到明"①；韦庄之"劝我早归家，绿窗人似花"，"凝恨对斜晖，忆君君不知"②；冯延巳之"泪眼问花花不语，乱红飞过秋千去"③；李后主之"流水落花春去也，天上人间"④；晏几道之"平芜尽处是春山，行人更在春山外"⑤；无名氏之"花无人戴，酒无人劝，醉也无人管"⑥；李

---

① 句出温庭筠《更漏子》，后文可见全词。

② 句出韦庄《菩萨蛮五首》，前者其一，下文可见全词；后者其五，全词："洛阳城里春光好，洛阳才子他乡老。柳暗魏王堤，此时心转迷。　　桃花春水渌，水上鸳鸯浴。凝恨对残晖，忆君君不知。"

③ 句出冯延巳（一说欧阳修）《蝶恋花》，全词见前注。

④ 句出李后主《浪淘沙》，后文可见全词。

⑤ 句出晏几道《踏莎行》，后文可见全词。

⑥ 句出宋无名氏（一说黄公绍）《青玉案》，全词："年年社日停针线。怎忍见、双飞燕。今日江城春已半。一身犹在，乱山深处，寂寞溪桥畔。　　春衫著破谁针线？点点行行泪痕满。落日解鞍芳草岸。花无人戴，酒无人劝，醉也无人管。"

清照之“簾捲西风，人比黄花瘦”[①]；辛弃疾之“蓦然回首，那人正（却）在，灯火阑珊处”[②]，皆极自然，而正是极经意处。

长调最宜配合停匀，忌平板粗率。蓦然而来，悠然而逝，神光离合，乃为佳构。其起处，或以骀荡出之，如太原公子裼裘而来，东坡之“似花还似非花，也无人惜从教坠”[③]；平斋之“诗不云乎，蒹葭苍苍，白露为霜”，及“归去来兮，杜宇声声，道不如归”[④]；稼轩之“更能消几番风雨，匆匆春又归去”是也[⑤]。或先于题前透一层说起，如梦窗之“送人犹

---

① 句出李清照《醉花阴》，全词已见前文。

② 句出辛弃疾《青玉案·元夕》，后文可见全词。

③ 句出苏轼《水龙吟·次韵章质夫杨花词》：“似花还似非花，也无人惜从教坠。抛家傍路，思量却是，无情有思。萦损柔肠，困酣娇眼，欲开还闭。梦随风万里，寻郎去处，又还被莺呼起。　不恨此花飞尽，恨西园，落红难缀。晓来雨过，遗踪何在？一池萍碎。春色三分，二分尘土，一分流水。细看来，不是杨花，点点是离人泪。”

④ 句出洪咨夔（号平斋）《沁园春》，全词：“诗不云乎，蒹葭苍苍，白露为霜。看高山乔木，青云老榦，英华滋液，亦敛而藏。匠石操斤游林下，便一举采之充栋梁。须知道，是天将大任，翕处还张。　薇郎玉佩丁当。问何事午桥花竹庄。又星回岁换，腊残春浅，锦熏笼紫，粟玉杯黄。唤起东风，吹醒宿酒，把甲子从头重数将。明朝去，趁传柑宴近，满袖天香。”及《沁园春·次黄宰韵》，全词：“归去来兮，杜宇声声，道不如归。正新烟百五，雨留酒病，落红一尺，风妒花期。睡起绿窗，销残香篆，手板楮颐还倒持。无人解，自追游仙梦，作送春诗。　风流不似年时。把别墅江山供弈棋。空一川芳草，半池晴絮，歌翻长恨，赋续怀离。桃叶渡头，沉香亭北，往事悠悠难重思。徘徊处，看鸣鸠唤妇，乳燕将儿。”

⑤ 句出辛弃疾《摸鱼儿》，后文可见全词。

未苦，苦送春随人去天涯”[1]，项莲生之“西风已自难听，如何又着芭蕉雨”[2] 是也。

长调两结，最为吃重。前结要如奔马收韁，留得后面地步，有住而不住之势；后结要如泉流归海，迴环溯源，有尽而不尽之意。质言之，即书家“无垂不缩”意也。

词中换头，一名“过变”，不可全脱，不可明黏。须用画家开合之法，或藕断丝连，或异军突起，皆须令读者耳目振动，方成佳制。如白石咏促织《齐天乐》之换头，是藕断丝连；咏武昌安远楼《翠楼吟》词之换头，是异军突起也。（二词均见后卷。）

六　论词之转折

诗、词虽同一机杼，而词家气象，自与诗略有不同。诗以雄直为胜，宜若长江大河，一泻千里；词以婉转为上，宜若九曲湘流，一波三折。

唐有无名氏《醉公子》词云：

---

① 句出吴文英《忆旧游·别黄澹翁》，后文可见全词。

② 句出清项鸿祚（字莲生）《水龙吟·秋声》，全词：“西风已是难听，如何又著芭蕉雨？泠泠暗起，澌澌渐紧，萧萧忽住。候馆疏碪，高城断鼓，和成凄楚。想亭皋木落，洞庭波远，浑不见，愁来处。　此际频惊倦旅，夜初长，归程梦阻。砌蛩自叹，边鸿自唳，剪灯谁语？莫更伤心，可怜秋到，无声更苦。满寒江剩有，黄芦万顷，卷离魂去。”

门外猧儿吠，知是萧郎至。刬袜下香阶，冤家今夜醉。扶得入罗帏，不肯脱罗衣。醉则从他醉，还胜独睡时。

昔人谓读此词，可悟转折之法：始闻其声至而喜，是一层；继见其醉而怒，是又一层；继又强扶其醉，使之入帏，转怒为怜，是又一层；又继则强之入帏，不肯脱衣，转怜为恨，是又一层；终则以虽不脱衣，胜于独睡，转恨为恕，自家开脱。一篇之中，字字转，语语折，写尽醉公子态，可谓神乎技矣。

然此犹系小令也。小令节短韵长，绝少衬豆为辅，故其转折处，宜挺而不靡、涩而有致。若在长调，则有片段离合，全以蕴藉袅娜见长矣。

夫词之长调，犹诗之歌行也。然长篇歌行，犹可使气；长调使气，便非本色。歌行为骏马迈坡，可以一往称快；长调如娇女步春，旁去扶持，独行芳径，倚徒〔徙〕而前，一步一态，一态一变，虽有强力健足，无所用之。[1] 此东坡所以有“铜琶铁板”之机〔讥〕，而屯田之“晓风残月”，所以卓绝千古也。转折之妙，为词家所独重，宜已。

---

① 清王又华《古今词论》：“填词，长调不下于诗之歌行长篇。歌行犹可使气，长调使气，便非本色。高手当以情致见佳。盖歌行如骏马蓦坡，可以一往称快；长调如娇女步春，旁去扶持，独行芳径，徙倚而前，一步一态，一态一变，虽有强力健足，无所用之。”

七　论词之用韵

词之用韵，似较诗为宽，而其实则严于诗。盖诗歌仅分平仄，而词则上、去之辨不可不明，此犹关于音韵者也。若于词令言之，亦有数忌，为学者所不可不知也。

一忌杂凑　无论诗、词，协韵以工稳为第一。工稳者，谓如履之称足，丝毫移动不得也。而词以境界较狭、音律较严之故，往往好韵预先用尽，入后不得不勉强杂凑塞责，是即所谓以韵害辞、以辞害意也。欲免斯弊，作者宜于下笔之际，先将欲用之韵，多检出若干字。譬如此调共应叶七个韵者，至少须检出八九字，意近易叶者，以备临时选择改换。否则，毋宁舍去本韵，另换别韵之为愈也。

一忌重复　制曲者，可于一支曲中重叶一韵。词则不能，即使字同而意义各别，亦在所忌。惟《采桑子》《一剪梅》之四字叠句，有时可用重韵，以取骀荡之致，如“风一更更，雨一更更”，“才下眉头，又上心头”之类，自属例外。又蒋竹山之《声声慢》赋秋声，全阕叶“声”字韵[①]，号为“独木桥体”，亦系一时游戏之作，非正格也。

一忌声哑　一部韵中，须择其字之声能喊得响者押之，

---

① 蒋捷（号竹山）《声声慢》全词：“黄花深巷，红叶低窗，凄凉一片秋声。豆雨声来，中间夹带风声。疏疏二十五点，丽谯门、不锁更声。故人远，问谁摇玉佩，檐底铃声。　　彩角声吹月堕，渐连营马动，四起笳声。闪烁邻灯，灯前尚有砧声。知他诉愁到晓，碎哝哝、多少蛩声。诉未了，把一半、分与雁声。”

庶音节嘹亮，可以高唱入云。例如“花”之与“葩”，“香”之与“芳”，意义虽相同，而“花”字与“香”字皆喊得响，“葩”字与“芳”字即喊不响，作者当知所选择也。

一忌生僻　词中忌用古奥生僻之字，而叶韵尤甚。勉强用之，非入于矗怪，即近于杂凑矣。然险丽自佳，如史梅溪《一斛珠》云：“鸳鸯意惬，空分付、有情眉睫。齐家莲子黄金叶，争比秋苔，凤靴几番蹑。　墙阴月白花重叠，悤悤（匆匆）软语频惊怯。宫香锦字将盈箧，雨长新寒，今夜梦魂接。”连用“惬、睫、蹑、箧、接”等韵，字字生新，而字字工稳，此所以为妙也。

八　论词之属对

词中工整之调，有对句者，总宜变化流动，不可仅以字面堆砌。七字对句，如梦窗云“珠络香消空念往，纱窗人老羞相见”[①]，晏小山云“无可奈何花落去，似曾相识燕归来”[②]，使人读之，忘其为对，盖诗中所谓“流水对”也。四字对句，用

---

① 句出吴文英《倦寻芳·上元》，全词：“海霞倒影，空雾飞香，天市催晚。暮靥宫梅，相对画楼簾卷。罗袜轻尘花笑语，宝钗争艳春心眼。乱箫声，正风柔柳弱，舞肩交燕。　念窈窕、东邻深巷，灯外歌沉，月上花浅。梦雨离云，点点漏壶清怨。珠络香销空念往，纱窗人老羞相见。渐铜壶，闭春阴、晓寒人倦。”

② 句出晏几道（号小山）《浣溪沙》，全词：“一曲新词酒一杯，去年天气旧亭台。夕阳西下几时回？　无可奈何花落去，似曾相识燕归来。小园香径独徘徊。”

于一阕起处者，则以凝炼为上。兹录陆氏《词旨》[1] 所集若干则供参考：

小雨分山，断云笼口	烟横山腹，雁点秋容
问竹平安，点花番次	稚柳苏晴，故溪歇雨
虚阁笼云，小簾通月	蝉碧勾花，雁红攒月
叶落霞翻，败窗风咽	风泊波惊，露零秋冷
花匜么纮，象奁双陆	珠蹙花舆，翠翻莲额
汗粉难融，袖香新窃	种石生云，移花带月
断浦沉云，空山挂雨	画里移舟，诗边就梦
砚冻凝花，香寒散雾	系马桥空，移舟岸易
疏绮笼寒，浅云栖月	竹深水远，台高日出
香茸沾袖，粉甲留痕	就船换酒，随地攀花
调雨为酥，催冰作水	做冷欺花，将烟困柳
巧剪兰心，偷粘草甲	罗袖分香，翠绡封泪
池面冰胶，墙腰雪老	枕簟邀凉，琴书换日
薄袖禁寒，轻装媚晚	倒苇沙闲，枯兰洲冷
绿芰擎霜，黄花招雨	紫曲迷香，绿窗梦月
暗雨敲花，柔风过柳	霜杵敲寒，风灯摇梦
盘丝系腕，巧篆谁簪	翠叶垂香，玉容消酒
金谷移春，玉壶贮暖	拥石池台，约花栏槛

① 陆氏，即陆辅之，元末明初文人。所撰《词旨》，以为词之“命意贵远，用字贵便，造语贵新，炼字贵响”。

向月赊晴，凭春买夜　　醉墨题香，闲箫弄玉

小令如《浣溪沙》等中之对联，或竟有不对者，如顾简塘云："昔日湖山如画里，而今真向画中看。"[①] 或用元人幽冷之句写之，如项莲生云："秋水漫（满）塘随鹭宿，斜阳一树待雅（鸦）归。"[②] 或用古乐府音节以咏之，如桂未谷云："帷月皎于缸酒面，灯花歧似古钗头。"[③] 或用尖新之句，如沈小梅云："荻絮因风疑作雪，柳丝弄暝（暝）不成烟。"[④] 总之，此种嵌有对句之小令，其精彩处亦在此对句，务以不见堆垛、不见陈腐为佳。

---

① 句出清顾翰（号蒹塘、简塘）《浣溪沙·题西湖载酒图》，全词："百顷风漪镜面宽。水心亭子曲阑干。花时细雨不多寒。　昔日湖山如画里，而今真向画中看。何年重上四宜船。"

② 句出项鸿祚《浣溪沙十八首》其四，全词："浅帻凉尊事已非，西风催换薜萝衣。小山堂下旧人稀。　秋水满塘随鹭宿，斜阳一树待鸦归。再来惟有梦依依。"

③ 清朱祖谋《浣溪沙》小序云："曩阅都肆丛册中，见桂未谷（桂馥）寄内诗笺，有'帷月''镫（灯）花'二语，吟讽辄上口。或谓未谷集中无此诗也，词以纪之。"其词云："笔诀依微蠹粉流。江湖书客苦吟秋。小笺传恨与妆楼。　帷月皎于新镜面，灯花歧似古钗头。复丁老去转工愁。"

④ 蒋敦复《芬陀利室词话》卷三"小梅词尖新"条："（沈）小梅《蝶恋花》云：'约住海棠浑未醒，嫩寒作就春人病。'《浣溪沙》云：'荻絮因风疑作雪，柳丝弄暝不成烟。'元人集中名句也。如此尖新，岂不可喜？"

九　论词之衬逗

我人无论作何种文字，欲其姿态生动、转折达意，全在几个虚字使用得灵活。词体尚厚尚实，虚字之使用较少，然长调曼声大幅，其盘旋处，苟无虚字以衬之，将不能成文。且以体论，凡衬豆之字，皆虚以济实者也。词中衬豆，有一字者，有二字者，有三字者。今将各家习用诸字罗列于左，以供学者之采用焉。

一字类：

又　况　看　正　乍　恰　奈　似　念　记　问
甚　纵　便　怕　但　料　早　算　岂　已　漫
怎　恁　只　有

二字类：

何处　莫问　却又　正是　恰又　无端　又还
恰似　绝似　何奈　堪羡　记曾　试问　遥想
却喜　又是　不是　独有　漫道　怎禁　好是
忘却　纵把　更是　那知　那堪　犹是　多少
值怎　不须　谁料　只今　那番　拚把

三字类：

莫不是　最无端　况而今　且消受　最难禁　更何堪
再休提　都付与　君莫问　镇消凝　怎禁得　记当时
又匆匆　都应是　似怎般　又何妨　当此际　到而今

君不见　倩何人　又早是　嗟多少　空负了　拚负却
收拾起　要安排

以上诸虚字，用之得当，可使通体灵活。

十　论词之风格

词中要有艳语，语不艳则色不鲜；又要有隽语，语不隽则味不永；又要有豪语，语不豪则境地不高；又要有苦语，语不苦则情不挚；又要有痴语，语不痴则趣不深。

李重光之“小楼吹彻玉笙寒”[①]，韦庄之“春水碧于天，画船听雨眠”[②]，范石湖之“花影吹笙，满地淡黄月”[③]，欧阳永叔之“青梅如豆柳如眉”[④]，刘后村之“贪与萧郎眉语，不知舞错伊州”[⑤]，朱希真之“料得文君，重簾不卷，且等闲消

---

① 句出李璟《摊破浣溪沙》，全词：“菡萏香销翠叶残，西风愁起绿波间。还与韶光共憔悴，不堪看。　细雨梦回鸡塞远，小楼吹彻玉笙寒。多少泪珠何限恨（一作“无限恨”），倚阑干。”李煜字重光，原文作者疑误。

② 句出韦庄《菩萨蛮》，后文可见全词。

③ 句出范成大《醉落魄》，全词：“栖乌飞绝。绛河绿雾星明灭。烧香曳簟眠清樾。花影吹笙，满地淡黄月。　好风碎竹声如雪。昭华三弄临风咽。鬓丝撩乱纶巾折。凉满北窗，休共软红说。”

④ 句出欧阳修《阮郎归》，后文可见全词。

⑤ 句出刘克庄《清平乐·赠陈参议师文侍儿》：“宫腰束素。只怕能轻举。好筑避风台护取。莫遣惊鸿飞去。　一团香玉温柔。笑颦俱有风流。贪与萧郎眉语，不知舞错伊州。”

息。不如归去，受他真个怜惜"①，艳语也。

毛滂之"酒浓春入窗，窗破月寻人"②，刘招山之"一般离思两消魂，楼上黄昏，马上黄昏"③，徐山民之"相思无处说相思，笑把画罗小扇觅新词"④，钟梅心之"花开犹是十年前，人不似十年前俊"⑤，周清真之"春归如过翼"⑥，秦少游

---

① 句出朱敦儒《念奴娇》，全词："别离情绪，奈一番好景，一番悲戚。燕语莺啼人乍远，还是他乡寒食。桃李无言，不堪攀折，总是风流客。东君也自，怪人冷淡踪迹。　花艳草草春工，酒随花意薄，疏狂何益。除却清风并皓月，脉脉此情谁识。料得文君，重簾不卷，且等闲消息。不如归去，受他真个怜惜。"

② 句出毛滂《临江仙·都城元夕》，全词："闻道长安灯夜好，雕轮宝马如云。蓬莱清浅对觚棱。玉皇开碧落，银界失黄昏。　谁见江南憔悴客，端忧懒步芳尘。小屏风畔冷香凝。酒浓春入梦，窗破月寻人。"

③ 句出刘仙伦（号招山）《一剪梅》，全词："唱到阳关第四声。香带轻分。罗带轻分。杏花时节雨纷纷。山绕孤村。水绕孤村。　更没心情共酒尊。春衫香满，空有啼痕。一般离思两销魂。马上黄昏。楼上黄昏。"

④ 句出徐照（号山民）《南歌子》，全词："簾影筛金线，炉烟篆翠丝。菰芽新出满盆池。唤起玉瓶添水、养鱼儿。　意取钗虫碧，慵梳髻翅垂。相思无处说相思。笑把画罗小扇、觅春词。"

⑤ 句出钟过（号梅心）《步蟾宫》，全词："东风又送酴醾信，早吹得、愁成潘鬓。花开犹似十年前，人不似、十年前俊。　水边珠翠香成阵。也消得、燕窥莺认。归来沉醉月朦胧，觉花气、满襟犹润。"

⑥ 句出周邦彦《六醜·蔷薇谢后作》，全词："正单衣试酒，怅客里、光阴虚掷。愿春暂留，春归如过翼。一去无迹。为问花何在（一作"家何在"），夜来风雨，葬楚宫倾国。钗钿堕处遗香泽。乱点桃蹊，轻翻柳陌。多情为谁追惜。但蜂媒蝶使，时叩窗隔。　东园岑寂。渐蒙笼暗碧。静绕珍丛底，成叹息。长条故惹行客。似牵衣待话，别情无极。残英小、强簪巾帻。终不似一朵，钗头颤袅，向人欹侧。漂流处、莫趁潮汐。恐断红、尚有相思字，何由见得。"

之“斜阳外，寒鸦数（万）点，流水绕孤村”[①]，隽语也。

苏东坡之“卷起千堆雪”[②]，姜白石之“此地疑（宜）有词仙，拥素云黄鹤，与君游戏”[③]，张于湖之“尽吸西江，细斟北斗，万象为宾客”[④]，卢蒲江之“猛拍阑干呼鸥鹭，道他年我亦垂纶手”[⑤]，辛稼轩之“易水潇潇西风冷，满座衣冠如雪”[⑥]，豪语也。

张玉田之“只有一枝梧叶，不知多少秋声”[⑦]，张东泽之

---

① 句出秦观《满庭芳》，后文可见全词。

② 句出苏轼《念奴娇·赤壁怀古》，后文可见全词。

③ 句出姜夔《翠楼吟》，全词：“月冷龙沙，尘清虎落，今年汉酺初赐。新翻胡部曲，听毡幕元戎歌吹。层楼高峙。看栏曲萦红，檐牙飞翠。人姝丽，粉香吹下，夜寒风细。　　此地宜有词仙，拥素云黄鹤，与君游戏。玉梯凝望久，叹芳草萋萋千里。天涯情味，仗酒祓清愁，花销英气。西山外，晚来还卷，一簾秋霁。”

④ 句出张孝祥《念奴娇·过洞庭》，后文可见全词。

⑤ 句出卢祖皋（号蒲江）《贺新郎》，全词：“挽住风前柳，问鸱夷当日扁舟，近曾来否？月落潮生无限事，零落茶烟未久。谩留得莼鲈依旧。可是功名从来误，抚荒祠、谁继风流后？今古恨，一搔首。　　江涵雁影梅花瘦，四无尘、雪飞云起，夜窗如昼。万里乾坤清绝处，付与渔翁钓叟。又恰是、题诗时候。猛拍阑干呼鸥鹭，道他年、我亦垂纶手。飞过我，共樽酒。”

⑥ 句出辛弃疾《贺新郎·别茂嘉十二弟》，全词：“绿树听鹈鴂。更那堪、鹧鸪声住，杜鹃声切。啼到春归无寻处，苦恨芳菲都歇。算未抵、人间离别。马上琵琶关塞黑，更长门、翠辇辞金阙。看燕燕，送归妾。　　将军百战身名裂。向河梁、回头万里，故人长绝。易水萧萧西风冷，满座衣冠似雪。正壮士、悲歌未彻。啼鸟还知如许恨，料不啼清泪长啼血。谁共我，醉明月。”

⑦ 句出张炎《清平乐》，全词：“候蛩凄断。人语西风岸。月落沙平江似练。望尽芦花无雁。　　暗教愁损兰成，可怜夜夜关情。只有一枝梧叶，不知多少秋声。”

"悠悠岁月天涯醉，一分秋一分憔悴。落叶西风，吹老几番尘世"①，辛稼轩之"休去倚危栏，斜阳正在，烟柳断肠处"②，苦语也。

李易安之"惟有楼前流水，应念我终日凝眸"③，周美成之"凄风休飐半残灯，拟倩今宵归梦到云屏"④，辛稼轩之"是他春带愁来，春归何处，却不解带将愁去"⑤，苏东坡之"若到江南赶上春，千万和春住"⑥，张玉田之"忍不住低低

---

① 句出张辑（号东泽）《疏簾淡月·寓桂枝香秋思》，全词："梧桐雨细。渐滴作秋声，被风惊碎。润逼衣篝，线袅蕙炉沉水。悠悠岁月天涯醉。一分秋、一分憔悴。紫箫吟断，素笺恨切，夜寒鸿起。　又何苦、凄凉客里。负草堂春绿，竹溪空翠。落叶西风，吹老几番尘世。从前谙尽江湖味。听商歌、归兴千里。露侵宿酒，疏帘淡月，照人无寐。"

② 句出辛弃疾《摸鱼儿》，后文可见全词。

③ 句出李清照《凤凰台上忆吹箫》，全词："香冷金猊，被翻红浪，起来慵自梳头。任宝奁尘满，日上帘钩。生怕闲愁暗恨，多少事、欲说还休。新来瘦，非干病酒，不是悲秋。　明朝，这回去也，千万遍阳关，也即难留。念武陵人远，烟锁秦楼，惟有楼前流水，应念我、终日凝眸。凝眸处，从今又添，一段新愁。"

④ 句出周邦彦《虞美人·正宫·第三》，全词："玉觞才掩朱弦悄。弹指壶天晓。回头犹认倚墙花。只向小桥南畔、便天涯。　银蟾依旧当窗满。顾影魂先断。凄风休飐半残灯。拟倩今宵归梦、到云屏。"

⑤ 句出辛弃疾《祝英台近·晚春》，后文可见全词。

⑥ 句出王观《卜算子·送鲍浩然之浙东》，全词："水是眼波横，山是眉峰聚。欲问行人去那边，眉眼盈盈处。　才始送春归，又送君归去。若到江南赶上春，千万和春住。"原文作者苏轼，疑误。

问春”[1]，痴语也。

作艳语，勿流于亵；作隽语，勿流于纤；作豪语，勿流于粗狂；作苦语，勿怨伤；作痴语，勿怪诞。此中自有分寸，太过犹不及也。

十一　论词之选调

凡词题意之与音调，相辅以成，关系极重。故作者因题选调，相体裁衣，最宜节节称合。盖选调得当，则其音节之抑扬高下，处处可以助发其意趣，作者控御随心，而读者珠玑在口。苟其不然，则神离貌合，非拘而莫畅，即冗而外泛；非板而不灵，即轻而见弱。易地尽成佳构，而一误满盘皆输矣。

夫词调多至千馀体，何调宜用何题，使一一论之，将不胜其繁；且刻舟以求，亦无是处。神明变化，仍在学者。兹之所论，仅其大略而已。

《水调歌头》《满江红》《念奴娇》，音调高亢，宜为激昂慷慨之词。小令《浪淘沙》，尤为激越，登山临水，怀古抚今，用之最适。

《采桑子》《丑奴儿令》《一剪梅》之叠句，弄姿无限，写

---

① 句出张炎《庆春宫》，全词：“波荡兰觞，邻分杏酪，昼辉冉冉烘晴。罥索飞仙，戏船移景，薄游也自忺人。短桥虚市，听隔柳、谁家卖饧。月题争系，油壁相连，笑语逢迎。　池亭小队秦筝。就地围香，临水湔裙。冶态飘云，醉妆扶玉，未应闲了芳情。旅怀无限，忍不住、低低问春。梨花落尽，一点新愁，曾到西泠。”

景写情，皆有低徊之致。

《临江仙》凄清遒上，适于写情。五言对句，两两作结，殊见挺拔。

《浣溪沙》《蝶恋花》，皆甜熟之调，作者最多，音节亦最谐婉可爱，情、景皆宜。

《菩萨蛮》，宜学温、韦之缕〔镂〕金错绣，一叠不足，可作若干叠。

《洞仙歌》宛转缠绵，可以写情，可以叙事，一叠不足，作若干叠。浙派诸人，莫不喜填此调。朱竹垞《静志居纪事》连作三十阕，极淋漓酣畅之乐。惟填此调者，用字宜稍凝涩，否则流荡过甚，近乎曲矣。

《祝英台近》，妙在有顿挫。郭频迦（伽）亦用以纪事，连作二十四叠。

《齐天乐》宜写秋景，或作高旷语。

《金缕曲》宜写抑郁之情。此调古今作者最多，变体不一。别名《贺新郎》，可赋本意，贺人婚娶。

《沁园春》中多四字对句，句法板滞，只可用以咏物。别名《寿星明》，可咏本意，以祝寿诞。

《高阳台》缠绵宕往，亦写情佳调。惟前后两结处三句，往往为韵所拘。其实前两句之韵，尽可不拘，特前、后两半阕须一律耳。

《千秋岁引》一调，句法有迴鸾舞凤之姿。惟近人樊樊山《绿波》《南浦》数阕，独有千古。盖流利之调，惟侧艳为能工耳。

以上所述，不过聊举其例。凡音节和近之调，均可类推而知。总之，词之题意，不外写情、写景、纪事、咏物四种。四种中，以写情最多。情有喜怒哀乐之异，或短言而足，或长言而不足，或整襟危坐，或放诞自恣，寄诸其调而宣之，无一毫牵强之病，则善矣。

凡诸调音节，必烂熟于胸中，而后有临时选择之能力。故僻调及极长之调，如《莺啼序》等，正不宜多作。以其声韵生涩，无论何题，不易讨好故也。

下编　论历代名家词

第一章　论唐五代词

昔人言词，多推太白之《菩萨蛮》《忆秦娥》二首为鼻祖，然今颇有议其伪者。大抵词体之成立，实在唐太宗以后，至五代而渐盛。《花间》等集所载，凡数十家，论其内容，则十九为闺幨儿女之言，琢句务工，设色务重，盖实承西崑诗派之变也。诗至西崑，诗之途径几穷，其不得不变而为词者，势也。同此意境，同此作法，入词则高，入诗则卑；入词则厚，入诗则薄，固体制之异耳。今举温、李、韦、冯四家分论之，而以馀子附焉。

一　温庭筠

温庭筠本名岐，字飞卿，太原人。唐大中末为方山尉，著有《握兰》《金荃》等集。

唐词在大中以前，皆未脱诗之窠臼。直至飞卿出，词体始渐定，其所创《南歌子》《荷叶杯》《蕃女怨》《遐方怨》《诉衷情》《河传》等各体，虽亦自诗中变化而出，但形式、内容皆与诗迴殊。《花庵词选》谓“飞卿词极流丽，宜为《花间集》之冠”[1]，刘融斋言“飞卿词精艳逼人”[2]，皆当。但世人率称赏其《菩萨蛮》十四首，张皋文更以为“皆感士不遇之作，篇法仿佛《长门赋》，节节逆叙”[3] 云云。其实此十馀首词，意境驳杂，绝无篇法可言，殆非一时之作。张氏之论，真梦呓耳。且有设色过重、意为词累者。兹但录其二首。

河　传

湖上，闲望。雨潇潇。烟浦花桥路遥。谢娘翠蛾愁
○● ○● ●●○ ◉○○○●○ ◉○◉○○

不销。终朝，梦魂迷晚潮。　荡子天涯归棹远。春已
●○ ●○ ●○○●○ ◉●○○○●● ○●

晚。莺语空肠断。若邪溪，溪水西。柳隄。不闻郎马嘶。
● ◉●○○● ●○○ ○●○ ●○ ●○○●○

更漏子

玉炉香，红蜡泪，偏照画堂秋思。眉翠薄，鬓云残，
●○○ ○●● ◉●◉○○● ○●● ●○○

夜长衾枕寒。　梧桐树，三更雨，不道离情正苦。一
●○○●○ ◉◉● ◉○● ◉●◉○◉● ◉

---

① 语见宋黄昇《花庵词选》。陈廷焯《词坛丛话》亦云：“终唐之世，无出飞卿右者，当为《花间集》之冠。”

② 清刘熙载（号融斋）《艺概·词概》：“温飞卿词精妙绝人，然类不出乎绮怨。”

③ 清张惠言（字皋文）《词选》云：“此（《菩萨蛮·小山重叠金明灭》）感士不遇也。篇法仿佛《长门赋》，而用节节逆叙。此章从梦晓后，领起‘懒起’二字，含后文情事，‘照花’四句，《离骚》初服之意。”

叶叶，一声声，空阶滴到明。
●●　●○○　◉○◉●○

柳丝长，春雨细，花外漏声迢递。惊塞雁，起城乌，画屏金鹧鸪。　　香雾薄，透簾幕，惆怅谢家池阁。红烛背，绣簾垂，梦长君不知。

忆江南

梳洗罢，独倚望江楼。过尽千帆皆不是，斜晖脉脉水悠悠，肠断白蘋洲。

菩萨蛮

玉楼明月长相忆，柳丝嫋娜春无力。门外草萋萋，送君闻马嘶。　　画罗金翡翠，香烛销成泪。花落子规嗁，绿窗残梦迷。

◇嫋娜：一作“袅娜”；嫋，同“袅”。嗁：同“啼”。

宝函钿雀金鸂鶒，沉香阁上吴山碧。杨柳又如丝，驿桥春雨时。　　画楼音信断，芳草江南岸。鸾镜与花枝，此情谁得知？

二　李后主

李后主名煜，字重光，南唐元宗第六子。建隆二年嗣立，开宝八年，国亡降宋，封违命侯；卒，追封吴王。

晚唐五代之君，多耽于声律，雅好文事；而词华之美，不能不推南唐父子为最。中主元宗之词，存者绝少。后主则传三十馀首，莫不清逸绵丽，本色当行。国亡以后，处人世最难堪之境，乃全用赋体作白描，语语惊心动魄，固不独缠绵悽婉已也。周止庵评其“乱头麤服，不掩国色”[①]，可谓知言。后之学者，惟纳兰容若得其仿佛耳。或言后主虽拙于治国，而在词中犹不失为南面王，信哉！

虞美人

春花秋月何时了，往事知多少？小楼昨夜又东风，
◉○◉●○○●　◉●○○●　◉○◉●●○○

故国不堪回首月明中。　雕栏玉砌应犹在，只是朱颜
◉●◉○◉●●○○　◉○◉●○○●　◉●○○

改。问君能有几多愁？恰似一江春水向东流。
●　◉○◉●●○○　●●◉○◉●●○○

浪淘沙

帘外雨潺潺，春意阑珊。罗衾不耐五更寒。梦里不
◉●●○○　◉●○○　○○◉●●○○　◉●◉

知身是客，一晌贪欢。　独自莫凭阑，无限江山，别
○○●●　◉●○○　◉●●○○　◉●○○　◉

时容易见时难。流水落花春去也，天上人间。
○◉●●○○　◉●◉○○●●　◉●○○

---

① 周济《介存斋论词杂著》：“毛嫱、西施，天下美妇人也，浓妆佳，淡妆佳，粗服乱头，亦不掩国色。飞卿浓妆也，端己淡妆也，后主则粗服乱头矣。”

相见欢

林花谢了春红，太匆匆，无奈朝来寒雨晚来风。
◉○◉●○○　●○○　◉●○○◉●●○○
燕支泪，相留醉，几时重？自是人生长恨水长东！
○○●　○○●　●○○　◉●○○◉●●○○

◇寒雨：一作“寒重”。燕支：今多作“胭脂”。相留：一作“留人”。

清平乐

恨来春半，触目柔肠断。砌下落梅如雪乱，拂了一身还满。　　雁来音信无凭，路遥归梦难成。离别却如春草，更行更远还生。

◇恨来：一作“别来”。离别却如：一作“离恨恰如”。

阮郎归

东风吹水日衔山，春来长是闲。落花狼藉酒阑珊，笙歌醉梦间。　　春睡觉，晚妆残，无人整翠鬟。留连光景惜朱颜，黄昏独倚阑。

◇春梦觉：一作“佩声悄”。无人：一作“凭谁”。

三　韦　庄

韦庄字端己，杜陵人。唐乾宁元年进士，入蜀，为王建掌书记。著有《浣花集》。

韦词清艳绝伦，如初日芙蓉、晓风杨柳。其《菩萨蛮》诸什，惓惓故国之思，尤耐寻味。盖唐末中原鼎沸，韦以避乱入蜀，欲归未得，言愁始愁，所谓“未老莫还乡，还乡须断肠”也。陈亦峰谓其“似直而纡，似达而郁”[①]，洵然。世以“温韦”并称，然温浓而韦淡，各极其妙，固未可轩轾焉。

清平乐

莺啼残月，绣阁香灯灭。门外马嘶郎欲别，正是落
◉○◉●　◉●○○●　◉●◉○○●●　◉●◉
花时节。　妆成不画蛾眉，含愁独倚金扉。去路香尘
○◉●　◉○◉○○○　◉○◉●○○　◉●◉○
莫扫，扫时郎去归迟。
◉●　◉○◉●○○

◇扫时：一作“扫即”。

谒金门

空相忆，无计得传消息。天上嫦娥人不识，寄书何
◉○●　◉●◉○◉●　◉●○◉○●●　◉○○
处觅？　新睡觉来无力，不忍把君书迹。满院落花春
●●　◉●◉○◉●　◉●◉○◉●　◉●◉○○
寂寂，断肠芳草碧。
●●　◉○○●●

◇把君：一作“看伊”。

菩萨蛮

红楼别夜堪惆怅，香灯半卷流苏帐。残月出门时，
◉○◉●○○◉　○◉◉●○○●　◉●●○○

---

① 陈廷焯（字亦峰）《白雨斋词话》：“韦端己词，似直而纡，似达而郁，最为词中胜境。”

美人和泪辞。　　琵琶金翠羽，絃上黄莺语。劝我早归
●○○●○　　◉○○●●　◉●○○●　◉●●○
家，绿窗人似花。
○　●○○●○
◇归：一作“还”。

前　调

人人尽说江南好，遊人只合江南老。春水碧于天，画船听雨眠。　　垆边人似月，皓腕凝双雪。未老莫还乡，还乡须断肠。
◇双雪：一作“霜雪”。

前　调

如今却忆江南乐，当时年少春衫薄。骑马倚斜桥，满楼红袖招。　　翠屏金屈曲，醉入花丛宿。此度见花枝，白头誓不归。

前　调

洛阳城里春光好，洛阳才子他乡老。柳暗魏王隄，此时心转迷。　　桃花春水渌，水上鸳鸯浴。凝恨对残晖，忆君君不知。

望江怨

东风急，惜别花时手频执。罗帏愁独入。马嘶残雨春芜溼。倚门立，寄语薄情郎，粉香和泪泣。
◇溼：同“湿”。

女冠子

四月十七，正是去年今日，别君时。忍泪佯低面，含羞半敛眉。　　不知魂已断，空有梦相随。除却天边月，没人知。

◇原文无“别君时”句，参别本补。

四　冯延巳

冯延巳，字正中，其先彭城人，唐末徙家新安。事南唐为左仆射同平章事，有《阳春集》一卷。

正中词鼓吹南唐，上翼二主，下器〔启〕欧、晏，实唐、宋间词流递变之一大关键。盖唐人词风神固美，意境未深。及正中《蝶恋花》诸作，思力特重，纯是内心的表现，生命的追求。读之但觉掩抑撩乱，如不胜情。此即近人所谓“印象派”作法也。六一因之，而词风丕变矣。《阳春集》中词，多别见于温、韦、欧阳等集中者，则传抄之误，未可深考。

南乡子

细雨湿流光，芳草年年与恨长。烟锁凤楼无限事，
◉●●○○　◉●○○●●○　◉●◉○○●●

茫茫。鸾镜鸳衾两断肠。　　魂梦任悠扬，睡起杨花满
○○　◉●○○●●○　　◉●●○○　◉●◉○●

绣床。薄倖不来门半掩，斜阳。负你残春泪几行。
●○　◉●◉○○●●　○○　◉●○○●●○

阮郎归

南园春半踏青时，风和闻马嘶。青梅如豆柳如丝，
◉○◉●●○○　◉○○●○　◉○◉●●○○
日长蝴蝶飞。　花露重，草烟低，人家簾幕垂。鞦韆
◉○◉●○　○●●　●○○　◉○○●○　◉○
慵困解罗衣，画梁双燕棲。
◉●●○○　◉○○●○

◇柳如丝：一作“柳如眉”。双燕棲：一作“双燕归”。

采桑子

马嘶人语春风岸，芳草绵绵。杨柳桥边，落日高楼
◉○◉●○○●　◉●○○　◉●○○　◉●○○
酒旆悬。　旧愁新恨知多少，目断遥天。独立花前，
●●○　◉○◉●○○●　◉●●●　◉●○○
更听笙歌满画船。
◉●○○●●○

前　调

小堂深静无人到，满院春风。惆怅墙东，一树樱桃带雨红。　愁心似醉兼如病，欲语还慵。日暮疏钟，双燕归棲画阁中。

谒金门

风乍起，吹皱一池春水。闲引鸳鸯芳径里，手挼红杏蘂。　斗鸭阑干独倚，碧玉搔头斜坠。终日望君君不至，举头闻鹊喜。

◇芳径：一作“香径”。蘂：同“蕊”。

蝶恋花

几日行云何处去？忘了归来，不道春将暮。百草千花寒食路，香车系在谁家树？　　泪眼倚楼频独语，双燕飞来，陌上相逢否？撩乱春愁如柳絮，悠悠梦里无寻处。

◇忘了：一作“忘却”。

前　调

谁道闲情抛弃久，每到春来，惆怅还依旧。日日花前常病酒，不辞镜里朱颜瘦。　　河畔青芜隄上柳，为问新愁，何事年年有？独立小楼风满袖，平林新月人归后。

◇抛弃：一作“抛掷”。不辞：一作“敢辞”。

前　调

六曲阑干偎碧树，杨柳风轻，展尽黄金缕。谁把钿筝移玉柱，穿簾海燕双飞去。　　满眼游丝兼落絮，红杏开时，一霎清明雨。浓醉觉来莺乱语，惊残好梦无寻处。

◇双飞：一作“惊飞”。浓醉：一作“浓睡”。

五　其余诸家

唐五代词家，除以上数人外，兹更录后唐庄宗、毛文锡、牛希济、顾敻、欧阳炯、孙光宪等各一首。

一叶落　庄宗

一叶落，褰朱箔。此时景物正萧索。画楼月影寒，

●●●　○○●　◉○◉●●○●　◉○◉●○

西风吹罗幕。吹罗幕，往事思量著。

◉○○○●　○○●　◉●○○●

◇朱箔：一作“珠箔”。

醉花间　毛文锡

休相问，怕相问，相问还添恨。春水满塘生，鸂鶒

◉○●　◉○●　○●○○●　◉●●○○　◉●

还相趁。　昨夜雨霏霏，临明寒一阵。偏忆戍楼人，

○○●　◉●●○○　◉○○●●　◉●●○○

久绝边庭信。

◉●○○●

生查子　牛希济

新月曲如眉，未有团圞意。红豆不堪看，满眼相思

◉●●○○　◉●○○●　◉●●○○　◉●○○

泪。　终日劈桃穰，人在心儿里。两朵隔墙花，早晚

●　◉●●○○　◉●○○●　◉●●○○　◉●

成连理。

○○●

◇团圞：一作“团圆”。桃穰：一作“桃瓤”。人在心儿里：一作“仁儿在心里”。

浣溪沙　顾敻

红藕香寒翠渚平，月笼虚阁夜蛩清，塞鸿惊梦两牵

◉●○○●●○　◉○◉●●○○　◉○◉●●○

情。　　宝帐玉炉残麝冷，罗衣金缕暗尘生，小窗孤烛

○　　◉●◉○○●●　◉○◉●●○○　◉○◉○

泪纵横。

●○○

三字令　欧阳炯

春欲尽，日迟迟，牡丹时。罗幌卷，翠簾垂。彩牋

○●●　●○○　●○○　○●●　●○●　●○

书，红粉泪，两心知。　　人不在，燕空归，负佳期。

○　○●●　●○○　　○●●　●○○　●○○

香烬落，枕函欹。月分明，花澹薄，惹相思。

○●●　●○○　●○○　○●●　●○○

◇彩牋：一作“彩笺”；牋，同“笺”。

谒金门　孙光宪

留不得，留得也应无益。白纻春衫如雪色。扬州初去日。　　轻别离，甘抛掷，江上满帆风疾。却羡彩鸳三十六，孤鸾还一只。

第二章　论北宋词

北宋开国，汴京繁庶，竞睹新声。欧、晏虽承南唐之绪，而洗刷浮词，气韵已变。耆卿创为长调，体制既繁，意境亦愈富。东坡出以豪健，少游工于婉约，而美成集其大成焉。兹即以此六家分论于后。

一　晏殊、晏几道

晏殊，字同叔，临川人。宋景德中，以神童荐，官至集贤殿学士，兼枢密使，卒谥“元献”公。著《珠玉词》一卷。幼子几道，字叔原，尝监颍昌许田镇。著《小山词》二卷。

同叔生当北宋初叶，去五代未远，故其词多小令，和婉明丽，与南唐冯氏为近。又以身为显宦，生活优裕，但有闲适之趣，绝少深窈之思。而其子几道，则性格、境遇绝异。黄鲁直《小山词序》谓：“小山有四痴：仕宦连蹇，而不一傍贵人之门，是一痴也；不肯一作新进士语，此又一痴也；费资千百，家人饥寒，而面有孺子之色，此又一痴也；人百负之，绝不疑其欺己，此又一痴也。”[①] 有是四痴，何怪其词能

① 此处引文，与原文小异。原云：“仕宦连蹇，而不能一傍贵人之门，是一痴也；论文自有体，不肯一作新进士语，此又一痴也；费资千百万，家人寒饥，而面有孺子之色，此又一痴也；人百负之而不恨，己信人，终不疑其欺己，此又一痴也。

精壮顿挫、动摇人心也。然其轻婉熨贴处，亦正未离乃翁门户。余尝谓词之有北宋，犹诗之有晋，晏氏父子，其大、小谢也，体格、意趣皆近。

玉楼春　晏殊

绿杨芳草长亭路。年少抛人容易去。楼头残梦五更
◉○◉●○○●　◉●○○○●●　◉○◉●●○

钟，花底离情三月雨。　无情不似多情苦。一寸还成
○　◉●○○○●●　◉○◉●○○●　◉●○○

千万缕。天涯地角有穷时，只有相思无尽处。
○●●　◉○◉●●○○　◉●○○○●●

◇离情：一作“离愁”。

踏莎行

小径红稀，芳郊绿遍，高台树色阴阴见。春风不解
◉●○○　◉○◉●　◉○◉●○○●　◉○◉●

禁杨花，濛濛乱扑行人面。　翠叶藏莺，朱帘隔燕，
●○○　◉○◉●○○●　◉●○○　◉○◉●

炉香静逐游丝转。一场愁梦酒醒时，斜阳却在深深院。
◉○◉●○○●　◉○◉●●○○　◉○◉●○○●

点绛唇　晏几道

装席相逢，旋匀红泪歌金缕。意中曾许，欲共吹花
◉●○○　◉○◉●○○●　◉○◉●　◉●○○

去。　长爱荷香，柳色殷桥路。留人住，淡烟微雨，
●　◉●○○　◉●○○●　○○●　◉○◉●

好个双棲处。
◉●○●●

◇装席：多作“妆席”。

临江仙

梦后楼台高锁，酒醒簾幕低垂。去年春恨却来时，落花人独立，微雨燕双飞。　　记得小蘋初见，两重心字罗衣。琵琶絃上说相思，当时明月在，曾照彩云归。

生查子

金鞍美少年，去跃青骢马。萦系玉楼人，绣被春寒夜。　　消息未归来，寒食梨花谢。无处说相思，背面秋千下。

◇金鞍：一作“金鞭”。萦系：一作“牵系”。

清平乐

留人不住，醉解兰舟去。一棹碧涛春水路，过尽晓莺啼处。　　渡头杨柳青青，枝枝叶叶离情。此后锦书休寄，画楼云雨无凭。

二　欧阳修

欧阳修，字永叔，庐陵人，号六一居士。官至兵部尚书，卒谥“文忠”。著《六一词》。

宋初大臣多喜填词，元献、文忠，尤为杰出。《六一词》情景但取当前，亦有极浅率者，而和平宽厚，胸襟流露。其质朴处如不经意，而实沉着。至如《踏莎行》《蝶恋花》等，融情入景，一片化机，即今之哲学家所谓“主观与客观合一”。此词中最高之境也，学者不能于笔墨中求之。

临江仙

柳外轻雷池上雨，雨声滴碎荷声。小楼西角断虹明。
◉●○○○●● ◉○◉●○○ ◉○◉●●○○
阑干倚处，待得月华生。　燕子飞来窥华栋，玉钩垂
◉○◉● ◉●●○○ ◉●○○○●● ◉○◉
下帘旌。凉波不动簟纹平。水精双枕，旁有堕钗横。
●○○ ◉○◉●●○○ ◉○◉● ◉●●○○

◇华栋：一作“画栋”。

踏莎行

候馆梅残，溪桥柳细，草熏风煖摇征辔。离愁渐远渐无穷，迢迢不断如春水。　寸寸柔肠，盈盈粉泪，楼高莫近危栏倚。平芜尽处是春山，行人更在春山外。

◇熏：一作“薰”。煖：多作“暖”。

采桑子

群芳过后西湖好，狼藉残红。飞絮濛濛，垂柳阑干尽日风。　笙歌散尽游人去，始觉春空。垂下帘栊，双燕归来细雨中。

蝶恋花

庭院深深深几许，杨柳堆烟，帘幕无重数。玉勒雕鞍游冶处，楼高不见章台路。　雨横风狂三月暮，门掩黄昏，无计留春住。泪眼问花花不语，乱红飞过秋千去。

三　柳　永

柳永初名三变，字耆卿，乐安人。景祐元年进士，历官屯田员外郎。有《乐章集》九卷。

耆卿早岁热中功利，而屡为仁宗所斥，失意无聊，乃流连坊曲。以俚词俗语，多制慢词，便于伎人传习，于是词体始由小令、中调而递至慢词矣。耆卿词既求谐俗，自多恶滥可笑者。至其佳者，则铺叙委婉，言近意远，森秀幽淡之趣在骨。而尤工于羁旅离别之言，东坡所举“霜风凄紧，关河冷落，残照当楼”数语，正神来之笔也。

雨霖铃

寒蝉凄切，对长亭晚，骤雨初歇。都门帐饮无绪，
○○◉● ●○○● ●◉○● ○○●●○●

方留恋处，兰舟催发。执手相看泪眼，竟无语凝噎。念
○○●● ○○○● ●●○○●● ●○●○● ●

去去、千里烟波，暮霭沉沉楚天阔。　多情自古伤离
●● ○●○○ ●●○○●○● ○○●●○○

别，更那堪，冷落清秋节。今宵酒醒何处？杨柳岸、晓
● ●○○ ●●○○● ○○●●○● ○●● ●

风残月。此去经年，应是良辰好景虚设。便纵有千种风
○○● ●●○○ ○●○○●●○● ●●●○●○

情，更与何人说？
○ ●●○○●

◇凝咽：多作“凝噎”。便总有：多作“便纵有”。二者均以后者为确。

八声甘州

　　对潇潇暮雨洒江天，一番洗清秋。渐霜风凄紧，关
　　●○○◉●●○○　◉○●○○　●○○◉●　○
河冷落，残照当楼。是处红衰绿减，苒苒物华休。惟有
○●●　◉●○○　●●◉○◉●　◉●●○○　●●
长江水，无语东流。　不忍登高临远，望故乡渺邈，归
◉○●　◉●◉◉　●●◉○◉●　●◉○◉●　◉
思难收。叹年来踪迹，何事苦淹留？想佳人、妆楼长望，
●○○　●◉○○●　◉●●○○　●○○　◉○◉●
误几回、天际识归舟。争知我，倚阑干处，正恁凝愁。
●●○　◉●●○○　○○●　◉○○●　◉●○○

◇绿减：多作“翠减”。渺渺：一作“渺邈”。踪迹：原作“跡迹”，误，依通行本径改。长望：多作“颙望”。

倾杯乐

　　木落霜洲，雁横烟渚，分明画出秋色。莫雨乍歇，小楫夜泊，宿苇村山驿。何人月下临风处，起一声羗笛。离愁万绪，闻岸草、切切蛩吟如织。　为忆芳容别后，水迢山远，何计凭鳞翼？想绣阁深沉，争知憔悴损，天涯行客。楚峡云归，高唐人散，寂寞狂踪迹。望京国。空目断、远峰凝碧。

◇木落：多作“鹜落”。羗：“羌”之古体。莫：通“暮”。水迢：一作“水遥”。高唐：一作“高阳”。

卜算子慢

　　江枫渐老，汀蕙半凋，满目败红衰翠。楚客登临，

正是莫秋天气。引疏砧、断续残阳里。对晚景、伤怀念远，旧愁新恨相继。　　脉脉人千里。念两处风情，万重烟水。雨歇天高，望断翠峰十二。尽无言、谁会凭高意？纵写得、离肠万种，奈归鸿谁寄？

◇旧愁新恨：一作“新愁旧恨”。侭：同“尽”。

安公子

远岸收残雨。雨残稍觉江天暮。拾翠汀洲人寂，静立双双鸥鹭。望几点渔灯，隐映蒹葭浦。停画桡、两两舟人语。道去程今夜，遥指前村烟树。　　游宦成羁旅。短樯吟倚闲凝伫。万水千山迷远近。想乡关何处？自别后、风亭月榭孤欢聚。刚断肠、惹得离情苦。听杜宇声声，劝人不如归去。

◇此词一说为柳永作品。通行本句读，“拾翠汀洲人寂，静立双双鸥鹭”，作“拾翠汀洲人寂静，立双双鸥鹭”；“望几点渔灯，隐映蒹葭浦”，作“望几点、渔灯隐映蒹葭浦”。“闲凝伫”，原文“间凝纻”，误。

四　苏　轼

苏轼，字子瞻，号东坡居士，眉山人。嘉祐二年试礼部第一，历官端明殿学士、礼部尚书。绍圣初，安置惠州，徙昌化。高宗即位，再赠太师，谥“文忠”。

东坡词微疏于律，其“大江东去”有“铜将军铁绰板”之讥；若柳七“晓风残月”，谓“可令十七八女郎按红牙檀板歌之”。[1] 此袁绹语也。然坡词自有横槊气概，固是英雄本色，与柳之以纤艳见长者不同。周介存云：“人赏东坡粗豪，我赏东坡韶秀。韶秀是东坡佳处，粗豪则病也。”又云：“东坡每事俱不十分用力，古文、书、画皆尔，词亦尔。”[2]

水调歌头（丙辰中秋，欢饮达旦，大醉。作此篇，兼怀子由。）

明月几时有，把酒问青天。不知天上宫阙，此夕是
◉●●○● ◉●●○○ ◉○◉●○● ◉●●

何年。我欲乘风归去，又恐琼楼玉宇，高处不胜寒。起
○○ ◉●○○◉● ◉●○○◉● ◉●●○○ ◉

舞弄清影，何似在人间。 转朱阁，低绮户，照无眠。
●●○○ ◉●●○○ ●○● ○●● ●○○

不应有恨，何事偏向别时圆。人有悲欢离合，月有阴晴
◉○◉● ○●◉●●○○ ◉●○○◉● ◉●○○

圆缺，此事古难全。但愿人长久，千里共婵娟。
◉● ◉●●○○ ◉●○◉● ◉●●○○

◇此夕：今多作“今夕”。偏向：今多作“长向”。

洞仙歌

冰肌玉骨，自清凉无汗。水殿风来暗香满。绣簾开一点，明月窥人，人未寝，攲枕钗横鬓乱。　起来攜

---

① 清冯金伯《词苑萃编》：“苏东坡‘大江东去’，有铜将军铁绰板之讥。柳七‘晓风残月’，谓可令十七八女郎按红牙檀板歌之。此袁绹语也。后人遂奉为美谈。然仆谓东坡词自有横槊气概，固是英雄本色。柳纤艳处，亦丽以淫耳。况‘杨柳外’句，又本魏承班《渔歌子》‘窗外晓莺残月’，改二字增一字，焉得独擅千古？”

② 语见清周济（一字介存）《介存斋论词杂著》。

素手，庭户无声，时见疏星渡河汉。试问夜如何？夜已三更，金波淡、玉绳低转。但屈指西风几时来，又不道流年，暗中偷换。

◇绣簾开一点，明月窥人：句读多作“绣簾开，一点明月窥人”。又不道流年、暗中偷换：句读多作“又不道、流年暗中偷换”。攜，同“携”。

念奴娇（赤壁怀古）

大江东去，浪淘尽、千古风流人物。故垒西边，人道是、三国周郎赤壁。乱石穿空，惊涛拍岸，捲起千堆雪。江山如画，一时多少豪傑。　　遥想公瑾当年，小乔初嫁了，雄姿英发。羽扇纶巾，谈笑间、狂虏灰飞烟灭。故国神游，多情应笑我、早生华发。人生如梦，一樽还酹江月。

◇豪傑：一作“豪杰”；傑，同“杰”。狂虏：今多作“樯橹”。

水龙吟（次韵章质夫杨花词）

似花还是似非花，也无人惜从教坠。抛家傍路，思量却是，无情有思。萦损柔肠，困酣娇眼，欲开还闭。梦随风万里，寻郎去处，又还被、莺呼起。　　不恨此花飞尽，恨西园、落红难缀。晓来雨过，遗踪何在？一池萍碎。春色三分，二分尘土，一分流水。细看来、不是杨花，点点是，离人泪。

五　秦　观

秦观字少游，一字太虚，号淮海居士，高邮人。因苏轼荐，除祕书省正字、兼国史院编修官。坐党籍，徙后放还，至藤州卒。著《淮海集》。

少游词如花初苞，故不甚见力量，而其婉约处，为后人所不能到。所谓“淡语皆有味，浅语皆有致”也①。蔡伯世曰：“子瞻辞胜于情，耆卿情胜于辞；情辞相称者，惟有少游而已。”②

望海潮（洛阳怀古）

梅英疏淡，冰澌溶洩，东风暗换年华。金谷俊游，
◉○○● ○○◉● ◉○◉●○○ ◉●●○

铜驼巷陌，新晴细履平沙。长记误随车。正絮翻蝶舞，
○○●● ◉○◉●○○ ◉●●○○ ●◉○◉○

芳思交加。柳下桃蹊，乱分春色到人家。　西园夜饮
◉●○○ ◉●○○ ●○○●●○○ ○○●●

鸣笳。有华灯碍月，飞盖妨花。兰苑未空，行人渐老，
○○ ●○○◉● ◉●○○ ◉●●○ ○○●●

---

① 清冯煦（字梦华）《宋六十一家词选·序例》：“淮海、小山，古之伤心人也，其淡语皆有味，浅语皆有致。”

② 清陈廷焯《白雨斋词话》卷一：“蔡伯世云：‘子瞻辞胜乎情，耆卿情胜乎辞。辞情相称者，惟少游而已。’此论陋极。东坡之词，纯以情胜，情之至者，词亦至。只是情得其正，不似耆卿之喁喁儿女私情耳。”“东坡、少游，皆是情馀于词，耆卿辞馀于情。解人自辨之。”

重来事事堪嗟。烟暝酒旗斜。但倚楼极目，时见栖鸦。
◉●◉●○○　○●●○○　●◉○◉●　◉●○○

无奈归心，暗随流水到天涯。
◉●○○　●●●●●○○

◇洩：同“泄”。蜨：同“蝶”。事事：一作“是事”。

好事近（梦中作）

春路雨添花，花动一山春色。行到小桥深处，有黄
◉●●○○　○●◉○○●　◉●◉○○●　◉○

鹂千百。　飞云当面化龙蛇，夭矫转空碧。醉卧古藤
○○●　◉○◉●●○○　◉●●○●　◉●◉○

阴下，了不知南北。
○●　●◉○○●

◇夭矫：原作“天矫”，“天”误径改。小桥：今多作“小溪”。

满庭芳

山抹微云，天粘衰草，画角声断谯门。暂停征棹，
◉●○○　◉○◉●　●●◉◉○○　○◉○○

聊共引离尊。多少蓬莱旧事，空回首、烟霭纷纷。斜阳
●◉●○○　○◉●◉○●　●○◉　●◉●○　○○

外，寒鸦数点，流水绕孤村。　消魂当此际，香囊暗
●　◉○●●　◉●●○○　◉○○●●　◉○◉

解，罗带轻分。漫青楼、赢得薄倖名存。此去何时见也？
●　◉●○○　●◉○　◉●◉●○○　◉●◉○◉●

襟袖上、空染啼痕。伤心处，高城望断，灯火已黄昏。
○◉●　◉●○○　○○●　◉○●●　◉●●○○

◇画角：原缺“角”，参通行本补。数点：一作“万点”。消魂：多作“销魂”。漫：一作“谩”。青楼赢得：今多作“赢得青楼”。空染：一作“空惹”。高城：今多作“高楼”。

前　调

晓色云开，春随人意，骤雨才过还晴。古台芳树，飞燕蹴红英。舞困榆钱自落，秋千外、绿水桥平。东风里，朱门映柳，低按小秦筝。　　多情行乐处，珠钿翠盖，玉辔红缨。渐酒空金榼，花困蓬瀛。豆蔻梢头旧恨，十年梦、屈指堪惊。凭阑久，疏烟淡日，寂寞下芜城。

◇芳树：一作“芳榭”。

阮郎归

满天风雨破寒初，灯残庭院虚。丽谯吹彻小单于，迢迢清夜徂。　　乡梦断，旅情孤，峥嵘岁又除。衡阳犹有雁传书，柳阳和雁无。

◇满天：一作“湘天”。灯残：一作“深沉”。吹彻：一作“吹罢”。旅情：今多作“旅魂”。柳阳：应为“郴阳”。

踏莎行（郴州旅舍）

雾失楼台，月迷津渡，桃源望断无寻处。可堪孤馆闭春寒，杜鹃声里斜阳暮。　　驿寄梅花，鱼传尺素，砌成此恨无重数。郴江幸自遶郴山，为谁流下潇湘去？

◇遶：同“绕”。

浣溪沙

漠漠轻寒上小楼，晓阴无赖似穷秋，淡烟流水画屏幽。

自在飞花轻似梦，无边丝雨细如愁，宝簾闲挂小银钩。

六　周邦彦

周邦彦，字美成，钱塘人。元丰初进《汴都赋》，除太学正。历官秘书监，进徽猷阁待制，提举大晟府。出知顺昌府，徙知处州。秩满，提举南京鸿庆宫。有《片玉集》，《清真集》二卷、《后集》一卷。

美成词，其意淡远，其气深厚，其设色鲜妍，其铸词明密，其音节又复清新和雅，最为词家之正宗。周介存曰："美成思力独绝千古，如颜平原书，虽未臻两晋，而唐初之法至此大备，后之作者莫能出其范围矣。"又曰："读得清真词多，觉他人所作，都不十分经意。"又曰："钩勒之妙，无如清真。他人一钩勒便薄，清真愈钩勒愈浑厚。"①

毛稚黄曰："言欲层深，语欲浑成。诸家论词之诣，直造精微，而求之两宋，惟清真足以备之。清真妙处，尤在'浑'之一字。词至于浑，无可复进矣。"②

---

① 语见周济《介存斋论词杂著》。

② 冯煦《蒿庵论词》："毛氏先舒（字稚黄）曰：'北宋，词之盛也，其妙处不在豪快而在高健，不在艳冶而在幽咽。豪快可以气取，艳冶可以言工，高健、幽咽则关乎神理骨性，难可强也。'又曰：'言欲层深，语欲浑成。'诸家所论，未尝夺属一人，而求之两宋，惟片玉、梅溪，足以备之。周之胜史，则又在'浑'之一字。词至于浑，而无可复进矣。"（《蒿庵论词》乃由冯氏《宋六十一家词选》辑录而成。）

兰陵王

（美成得罪道君，迁谪出都越日，道君幸李师师家，不遇。至更初，师师归，愁眉泪眼，憔悴可掬。道君问故，师师奏言邦彦得罪去国，略致一杯相别，不知得官家来。道君问曾有词否，李云：“有《兰陵王》词。”道君云：“唱一遍看。”李因奉酒歌此词。信是，则此词乃美成别师师作也。后人以为咏柳，非是。）

柳阴直。烟里丝丝弄碧。隋堤上、曾见几番，拂水
●○● ◉●○○●● ○○● ○●●○ ◉●

飘绵送行色。登临望故国，谁识京华倦客？长亭路，年
○○●○● ○○●●● ○●○○◉● ○○● ○

去岁来，应折柔条过千尺。　闲寻旧踪迹，又酒趁哀
●●○ ●●○○●○● ○○●○● ●●●○

絃，灯照离席。梨花榆火催寒食。愁一箭风快，半篙波
○ ○●○● ◉○◉●○○● ◉●●○● ●○○

暖，回头迢递便数驿，望人在天北。　凄恻，恨堆积！
● ○○◉●●●● ●○○○● ◉● ●○●

渐别浦萦回，津堠岑寂，斜阳冉冉春无极。记月榭携手，
●●●○○ ○●○● ○○◉●○○● ●●●○●

露桥闻笛。沉思前事，似梦里，泪暗滴。
●○○● ○○○● ●●● ●●●

◇跡：同“迹”。记月榭携手：一作“念月榭携（携）手”。

花　犯

（花庵云：“此只咏梅花，而纡徐反覆，道尽三年间事。昔人有谓‘好诗圆美流转如弹丸’，余折〔于〕此词亦云。”）[1]

① 语见宋黄昇（号花庵词客）《唐宋诸贤绝妙词选》卷七。

粉墙低，梅花照眼，依然旧风味。露痕轻辍。疑净
●○○ ○○●● ○○●○● ●○○● ◉●
洗铅华，无限清丽。去年胜赏曾孤倚，冰盘同晏喜。更
●○○ ○●○● ●○●●○●● ○○○●● ●
可惜、雪中高树，香篝熏素被。　今年对花太忽忽，
●● ●○○● ○○○○● ○○●◉●○○
相逢似有恨，依依愁悴。吟望久，青苔上、旋看飞坠。
○○●●● ○○○● ○●● ○○● ●○○●
相将见、脆圆荐酒，人正在、空江烟浪里。但梦想、一
○○● ●○●● ◉◉● ○○○●● ●●● ◉
枝潇洒，黄昏斜照水。
○○● ○○○●●

◇露痕轻辍：应作“露痕轻缀”。清丽：一作“佳丽”。同晏喜：一作“共晏喜”。太忽忽：一作“最匆匆”。脆圆：一作“翠丸”。

琐寒窗

暗柳啼鸦，单衣竚立，小簾朱户。桐阴半亩，静锁一庭愁雨。洒空阶、夜阑未休，故人剪烛西窗语。似楚江暝宿，风灯零乱，少年羁旅。　迟暮。嬉游处。正店舍无烟，禁城五百。旂亭唤酒，付与高阳俦侣。想东园、桃李自春，小唇秀靥今在否？到归时、定有残英，待客携尊俎。

◇桐阴：原作“相阴”，误。一作“桐花”。旂，多作“旗”。百五：原作“五百”，误，径改。

满庭芳

风老莺雏，雨肥梅子，午阴嘉树清圆。地卑山近，衣润费炉烟。人静乌鸢自乐，小桥外、新渌溅溅。凭栏

久，黄芦苦竹，拟泛九江船。　年年如社燕，漂流瀚海，来寄脩椽。且莫思身外，长近尊前。憔悴江南倦客，不堪听、急管危絃。歌筵畔，先安簟枕，容我醉时眠。

◇凭栏：一作“凭阑”。拟泛：原作“疑泛”，误。危絃：一作“繁絃”。

七　其余诸家

北宋词家，除以上诸人外，更录宋祁、范仲淹、王安国、黄庭坚、晁补之、贺铸、张先、王观、万俟雅言、陈克、李易安等各一二首。

玉楼春（春景）　宋祁

东城渐觉风光好，縠皱波纹迎客棹。绿杨烟外晓寒轻，红杏枝头春意闹。　浮生长恨欢娱少，肯爱千金轻一笑。为君持酒劝斜阳，且向花间留晚照。

苏幕遮（别恨）　范仲淹

碧云天，红叶地，秋色连波，波上寒烟翠。山映斜
●○○　○●●　◉●○○　○●○○●　◉●○
阳天接水，芳草无情，更在斜阳外。　黯芳魂，追旅
○○●●　◉●○○　●●○○●　●○○　○●
意，夜夜除非，好梦留人睡。明月楼高休独倚，酒入愁
●　◉●○○　◉●○○●　○●○○○●●　◉●○
肠，化作相思泪。
○　◉●○○○

◇红叶：一作“黄花”。留人睡：一作“留人醉”。

减字木兰花（春情）　王安国

　　画桥留水，雨湿落红飞不起。月破黄昏，簾里馀香

◉○◉●　◉●◉○○●●　◉●○○　◉●○○

马上闻。　　徘徊不语，今夜梦魂何处去。不似垂杨，

●●○　◉○◉●　●●◉○○◉●　◉●○○

犹解飞花入洞房。

◉●○○●●○

◇留水：多作“流水”。

清平乐（晚春）　黄庭坚

　　春归何处？寂寞无行路。若有人知春去处，唤取归来同住。　　春无踪迹谁知，除非问取黄鹂。百啭无人能会，因风飞过蔷薇。

忆少年（送别）　晁补之

　　无穷官柳，无情画舸，无根行客。南山尚相送，只

◉○◉●　◉○◉●　◉○○●　○○●○●　●

高城人隔。　　罨画园林溪绀碧。算重来、尽成陈迹。

◉○○●　◉●○○○○●　●○○　◉○○●

刘郎鬓如此，况桃花颜色。

○○●○●　●◉○○●

青玉案　贺铸

　　凌波不过横塘路，但目送、芳尘去。锦瑟华年谁与

◉○◉●○○●　◉●●　○○●　◉●○○○●

度？月台花榭，琐窗朱户，惟有春知处。　　碧云冉冉

●　◉○○●　◉○○●　◉●○○●　◉○◉●

蘅皋暮，彩笔新题断肠句。试问闲愁知几许？一川烟草，
○○● ◉●○○●○● ◉●○○○●● ◉○○●

满城风絮，梅子黄时雨。
◉○○● ◉●○○●

◇月台花榭：又作“月桥花院”。惟有：今多作“只有”。碧云：又作“飞云”。闲愁：一作“闲情”。知几许：今多作“都几许”。

天仙子（春恨） 张先

水调数声持酒听，午醉醒来愁未醒。送春春去几时
◉●◉○○●● ◉●◉○○●● ◉○◉●●○

回？临晚镜，伤流景，往事悠悠空记省。 沙上并禽
○ ○●● ○○● ◉●◉○○●● ◉●◉○

池上暝，云破月来花弄影。重重簾幙密遮灯，风不定，
○●● ◉●◉○○●● ◉○◉●●○○ ○●●

人初静，明日落红应满径。
○○● ◉●◉○○●●

◇翠幙：一作“簾幙”（帘幕）。

庆清朝慢（踏青） 王观

调雨为酥，催冰做水，东君分付春还。何人便将轻暖，点破残寒。结伴踏青去好，平头鞋子小双鸾。烟郊外，望中秀色，如有无间。 晴则个，阴则个，饾饤得天气，有许多般。须教撩花拨柳，争要先看。不道吴绫绣袜，香泥斜沁几行斑。东风巧，尽妆翠绿，吹在眉山。

◇撩花拨柳：一作“镂花拨柳”。尽妆：一作“尽收”。

昭君怨　万俟雅言[①]

春到南楼雪尽，惊动灯期花信。小雨一番寒，倚阑
◉●◉○◉●　◉●◉○◉●　◉●●○○　●○
干。　莫把阑干频倚，一望几重烟水。何处是京华？
○　◉●○○◉●　◉●◉○◉●　◉●●○○
暮云遮。
●○○

长相思（雨）　万俟雅言

一声声，一更更。窗外芭蕉窗里灯，此时无限情。
●○○　●○○　◉●○○◉●○　◉○◉●○
梦难成，恨难平。不道愁人不喜听，空堦滴到明。
●○○　●○○　◉●○○○●●　◉○◉●○

◇堦：同“阶”。

菩萨蛮（春）　陈克

赤栏桥尽香街直，笼街细柳娇无力。金碧上晴空，花晴簾影红。　黄衫飞白马，日日青楼下。醉眼不逢人，午香吹暗尘。

◇赤栏：一作“赤阑”。

前调（春词）　陈克

绿芜墙遶青苔院。中庭日淡巴蕉卷。胡蝶上堦飞。风簾自在垂。　玉钩双语燕。宝甃杨花转。几处簸钱

① 原作“兀俟雅言”，当为“万俟雅言”，径改，下同。

声。绿窗春睡轻。

◇巴蕉：一作“芭蕉”。胡蝶：一作“蝴蝶”。风簾：一作“烘簾”。

一剪梅（别愁）　李易安

红藕香残玉簟秋。轻解罗裳，独上兰舟。云中谁寄锦书来，雁字回时，月满西楼。　花自飘零水自流。一种相思，两处闲愁。此情无计可消除，才下眉头，却上心头。

第三章　论南宋词

词至南宋，可云极盛时代。黄昇《散花庵中兴以来绝妙好词选》，及周密《绝妙好词》，所载不下二百馀家，而以稼轩、白石、玉田、碧山、梅溪、梦窗六家，为其表率焉。

南宋之词，有不同于北宋者。北宋人善用重笔，惟重能大，惟重能拙；南宋人善用深笔，惟深能细，惟深能密。北宋多雨雪之感，南宋多禾黍之思。北宋主乐章，故情景但取当前，无穷极高深之趣；南宋则文人弄笔，彼此争名，钩心斗角，无巧不臻。然南宋有门径，故似深而转浅；北宋无门径，故似易而实难也。

一　辛弃疾

辛弃疾，字幼安，历城人。耿京聚兵山东，留掌书记。奉表南归，高宗见授承务郎，累官龙图阁待制，进枢密院都承旨。德祐初，以谢枋得请，赠少师，谥“忠敏”。有《稼轩长短句》十二卷。

彭羡门曰：“稼轩词胸有万卷，笔无点尘，激昂排宕，不可一世。”[①]

---

① 彭孙遹（号羡门）《金粟词话》：“稼轩之词，胸有万卷，笔无点尘，激昂排宕，不可一世。今人未有稼轩一字，辄纷纷有异同之论，宋玉罪人，可胜三叹。”

邹程村曰："词至稼轩，经子百家，行间笔下，驱斥如意。"又曰："稼轩雄深雅健，自是本色，俱从《南华》《冲虚》得来。然词之多，亦无如稼轩者。中调、小令，亦间作妩媚语。观其得意处，真有压倒古人之意。"①

周止庵曰："稼轩不平之鸣，随处辄发，有英雄语，无学问语，故往往锋颖太露。然其才情富艳，思力果锐，南北两朝，实无其匹，无怪流传之广且久也。"又曰："世以苏、辛并称，苏之自在处，辛偶能到之；辛之当行处，苏必不能到。二公之词，不可同日语也。"又曰："后人以粗豪学稼轩，非徒无其才，并无其情。稼轩固是才大，然情至处，后人万不能及。"②

梨庄曰："辛稼轩当弱宋末造，负管乐之才，不能尽展于（其）用，一腔忠愤，无处发泄。观其与陈同甫抵掌谈论，是何等人物！故其悲歌慷慨、抑郁无聊之气，一寄之于词。今乃欲与搔头傅粉者比，是岂知稼轩者？"③

王阮亭谓："石勒云：'大丈夫磊磊落落，终不学曹孟德、司马仲达狐媚。'稼轩词，当作如是观。余（予）谓有稼轩之心胸，始可为稼轩之词。今粗浅之辈，一切乡语猥谈，信笔涂鸦，自负我稼轩也，岂不令人齿冷。"④

---

① 语见邹祗谟（号程村）《远志斋词衷》。

② 语见周济《介存斋论词杂著》。

③ 黄梨庄语见清徐轨《词苑丛谈》。

④ 王士禛语见所著《花草蒙拾》"辛词磊落"条，又见清宋荦《漫堂说诗》（后半或即宋荦语）。

祝英台近（晚春）

宝钗分，桃叶渡，烟柳暗南浦。怕上层楼，十日九
●○○ ○●● ◉●●○● ◉●○○ ◉●●

风雨。断肠点点飞红，都无人管，倩谁劝、啼莺声住？
○● ◉○◉●○○ ◉○○● ●◉● ◉○○●

鬓边觑，试把花卜归期，才簪又重数。罗帐灯昏，
●○● ◉◉◉●○○ ○○●○● ◉●○○

哽咽梦中语：是他春带愁来，春归何处？却不解、带愁
◉●○○● ◉○○●○○ ◉○○● ●◉● ●○

归去。
○●

◇此词有题曰《晚春》，原缺，补出。倩谁劝：一作“倩谁唤”。啼莺：一作“流莺”。归期：一作“心期”。哽咽：一作“呜咽”。带愁归去：一作“将愁归去”，又作“带将愁去”。

摸鱼儿

更能消、几番风雨，匆匆春又归去。惜春长怕花开
●○○ ◉○○● ◉○○●○● ○○◉●○○

早，何况落红无数。春且住，见说道、天涯芳草无归路。
● ◉○●○○● ○●● ◉●● ○○◉●○○●

怨春不语。算只有殷勤，画簷蛛网，尽日惹飞絮。
○○●● ●◉●○○ ◉○◉● ◉●●○●

长门事，准拟佳期又误。蛾眉曾有人妒。千金纵买相如
●●○ ◉●○○●● ◉○○●○● ○○◉●○○

赋，脉脉此情谁诉？君莫舞，君不见、玉环飞燕皆尘土。
● ◉●●○○● ○●● ◉●● ○○◉●○○●

闲愁最苦。休去倚危栏，斜阳正在、烟柳断肠处。
○○●● ◉●●○○ ◉○◉● ◉●●○●

◇长怕：一作“长恨”。无归路：一作“迷归路”。危阑：多作“危栏”。

永遇乐（京口北固亭怀古）

千古江山，英雄无觅、孙仲谋处。舞榭歌台，风流总被，雨打风吹去。斜阳草树，寻常巷陌，人道寄奴曾住。想当年、金戈铁马，气吞万里如虎。　元嘉草草，封狼居胥，赢得仓皇北顾。四十三年，望中犹记，灯火扬州路。可堪回首，佛狸祠下，一片神鸦社鼓。凭谁问、廉颇老矣，尚能饭否？

◇此词题曰《京口北固亭怀古》，原缺，补出。灯火：一作“烽火”。

木兰花慢（滁州送花倅）

老来情味减，对别酒、怯流年。况屈指中秋，十分好月，不照人圆。无情水，都不管，共西风、只管送归船。秋晚蓴鲈江上，夜深儿女灯前。　征衫便好去朝天，玉殿正思贤。想夜半承明，留教视草，却遣筹边。长安故人问我，道愁肠殢酒只依然。目断秋宵落雁，醉来时响空弦。

◇蓴鲈：一作“莼鲈”；蓴，同“莼”。征衫便好去朝天：句读一作“征衫。便好去朝天”。秋霄：原作“秋宵”，“宵”误径改。

念奴娇（书东流村壁）

野棠花落，又匆匆过了，清明时节。刬地东风欺客梦，一枕云屏寒怯。曲岸持觞，垂杨系马，此地曾轻别。楼空人去，旧游飞燕能说。　闻道绮陌东头，行人曾见，簾底纤纤月。旧恨春江流不尽，新恨云山千叠。料得明朝，尊前重见，镜里花难折。也应惊问：近来多少华发？

◇又忽忽：今多作"又匆匆"。曾见：一作"长见"。

青玉案（元夕）

东风夜放花千树，更吹陨、星如雨。宝马琱车香满路。凤箫声动，玉壶光转，一夜鱼龙舞。　俄儿雪柳黄金缕，笑语盈盈暗香去。众里寻他千百度，蓦然回首，那人却在，灯火阑珊处。

◇吹陨：一作"吹落"。琱：同"雕"。蛾儿：原作"俄儿"，"俄"应误，径改。

二　姜　夔

姜夔，字尧章，鄱阳人，流寓吴兴，自号白石道人。进《乐书》免解，不第而卒。有《白石词》五卷。

范石湖曰："白石有裁云缝月之妙手，敲金戛玉之奇声。"[①] 沈百时曰："白石清劲知音，亦未免有生硬处。"[②] 张

① 一说为范成大同时之杨万里语。姜夔《除夜自石湖归苕溪》诗十首，自注谓："此诗录寄诚斋，得报云：所寄十诗'有裁云缝雾之妙思，敲金戛玉之奇声'。"陈振孙《直斋书录解题》云："石湖范致能尤爱其诗，杨诚斋亦爱赏之，赏其《岁除舟行十绝》，以为有裁云缝月之妙思，敲金戛玉之奇声。"而明末毛晋《白石词跋》则谓："范石湖《尧章》诗云：'有裁云缝月之妙手，敲金戛玉之奇声。'予以其词亦云。"

② 语见宋沈义父（字伯时）《乐府指迷》。

叔夏曰："姜白石如野云孤飞，去留无迹。"又云："白石词不惟清虚，且又骚雅，读之使人神观飞跃。"① 宋翔凤曰："词家之有姜白石，犹诗家之有杜少陵，继往开来，文中关键。其流落江湖，不忘君国，皆借托比兴，于长短句寄之。如《齐天乐》，伤二帝北狩也；《扬州慢》，惜无意恢复也；《暗香》《疏影》，恨偏安也。盖意愈切则辞愈微，屈、宋之心，谁能见之？"② 凡此，皆道著白石佳处。

独周止庵周济《词辨》，则深致不满。周氏曰："北宋词多就景叙情，故珠圆玉润，四照玲珑。至稼轩、白石，一变而为即事叙景，使深者反浅、曲者反直。吾十年来服膺白石，而以稼轩为外道。由今思之，可谓瞽人扪籥也。稼轩郁勃，故情深；白石放旷，故情浅。稼轩纵横，故才大；白石局促，故才小。惟《暗香》《疏影》二词，寄意题外，包蕴无穷，可与稼轩伯仲。馀俱据事直书，不过手意近辣耳。"又曰："白石如明七子诗，看是高格响调，不耐人细想。"又曰："白石以诗法入词，门径浅狭，如孙过庭书，但便后人模仿。"又曰："白石好为小序，序既是词，词仍是序，反覆再观，如同嚼蜡矣。词序序作词缘起，以此意中未备也。今人论院本，尚知曲白相生，不许复沓，而独津津于白石词序，一何可笑。"③

---

① 语见张炎（字叔夏）《词源》。

② 语见清宋翔凤《乐府馀论》。

③ 语见周济《介存斋论词杂著》。

按：姜氏词高远峭拔，清气盘旋，其才力自有过人处。周氏所云，未为定论。若小序繁冗，自无足论。学者欲求下手处，当先自俗处求雅、滑处求涩可也。

暗香（石湖咏梅）

旧时月色，有几番照我，梅边吹笛？唤起玉人，不

◉○○● ●●○●● ○○○● ●●◉○ ○

管清寒与攀摘。何逊而今渐老，都忘却、春风词笔。但

●○○●○● ◉●○○●● ◉●◉ ◉○○● ●

怪得、竹外疏花，香冷入瑶席。　江国，正寂寂。劝

●● ◉●○○ ◉●●○○ ○● ●○● ◉

寄与路遥，夜雪初积。翠樽易泣，红萼无言耿相忆。长

●●◉● ●○○● ●○◉● ○●◉○●○● ◉

记曾携手处，千树压、西湖寒碧。又片片、吹尽也，几

●○○◉● ◉●● ◉○○● ●●● ○●● ●

时见得。

○◉●

◇有几番：一作“算几番”。叹：原作“劝”，应误，径改。樽：一作“尊”。

疏影（仝上）

苔枝缀玉，有翠禽小小，枝上同宿。客里相逢，篱

○○●● ●●◉●◉ ◉●○● ◉●○○ ◉

角黄昏，无言自倚修竹。昭君不惯胡沙远，但暗忆、江

●○○ ◉◉●◉○◉ ◉○●●○○● ●●● ◉

南江北。想佩环、月下归来，化作此花幽独。　犹记

○○● ●●◉ ◉●○○ ◉●●○○● ○●

深宫旧事，那人正睡里，飞近蛾绿。莫似春风，不管盈

○○●● ●○◉●● ◉●○● ◉●○○ ◉●○

盈，早与安排金屋。还教一片随波去，又却怨、玉龙哀
○ ◉●●○○○ ◉○●●○○● ●●● ◉○○

曲。等恁时、再觅幽香，已入小窗横幅。
● ●●◉ ◉●○○ ◉●●○○●

◇月下：一作“月夜”。再觅：一作“重觅”。

扬州慢（序略）

淮左名都，竹西佳处，解鞍少驻初程。过春风十里。尽荠麦青青。自胡马窥江去后，废池乔木，犹厌言兵。渐黄昏，清角吹寒。都在空城。　　杜郎俊赏，算而今、重到须惊。纵豆蔻词工，青楼梦好，难赋深情。二十四桥仍在，波心荡、冷月无声。念桥边、红药年年，知为谁生？

◇念桥边、红药年年，知为谁生：句读一作“念桥边红药，年年知为谁生”。

淡黄柳（序略）

空城晓角，吹入垂杨陌。马上单衣寒恻恻。看尽鹅黄嫩绿，都是江南旧相识。　　正岑寂。明朝又寒食。强携酒、小乔宅，怕梨花落尽成秋色。燕燕飞来，问春何在，唯有池塘自碧。

◇小乔宅：一作“小桥宅”。

忆王孙（番阳彭氏小楼作）

冷红叶叶下塘秋。长与行云共一舟。零落江南不自由。两绸缪。料得吟鸾夜夜愁。

齐天乐（蟋蟀）

庾郎先自吟愁赋。凄凄更闻私语。露湿铜铺，苔侵石井，都是曾听伊处。哀音似诉。正思妇无眠，起寻机杼。曲曲屏山，夜凉独自甚情绪？　西窗又吹暗雨。为谁频断续，相和砧杵？候馆吟秋，离宫吊月，别有伤心无数。豳诗漫与。笑篱落呼灯，世间儿女。写入琴丝，一声声更苦。

◇铜舖：一作“铜铺”；舖，同“铺”（去声）。

翠楼吟（武昌安远楼成）

月冷龙沙，尘清虎落，今年汉酺初赐。新翻胡部曲，听毡幕、元戎歌吹。层楼高峙。看槛曲萦红，檐牙飞翠。人姝丽，粉香吹下，夜寒风细。　此地宜有词仙，拥素云黄鹤，与君游戏。玉梯凝望久，叹芳草、萋萋千里。天涯情味。仗酒祓清愁，花销英气。西山外。晚来还捲，一簾秋霁。

三　张　炎

张炎，字叔夏，号玉田，循王俊之后，西秦人，侨居临安，自号“乐笑翁”。著《乐府指迷》，又有《玉田词》三卷，《山中白云词》八卷。

戈顺卿曰：“玉田词，郑所南称其‘飘飘征情，节节弄拍’，仇山村称其‘意度超元，律吕协洽’。是真词家之正宗，填词者必由此入手，方为雅音。玉田自云：‘词欲雅而正。’‘雅正’二字，示后人之津梁，即写自家之面目。知此二字者，始可与论词，始可与论玉田之词。盖世之词家，动曰‘能学玉田’，此易视乎玉田而云然者，不知玉田易学而实难学。玉田以空灵为主，但学其空灵，而笔不转深，则其意浅，非入于滑，既入于麤（粗）矣。玉田以婉丽为宗，但学［其］婉丽，而句不炼精，则其音卑，非近于弱，即近于靡矣。故善学之，则得门而入，升其堂，造其室，即可与清真、白石、梦窗诸公互相鼓吹；否则浮光掠影，貌合神离，仍是门外汉而已。”①

周止庵曰：“玉田，近人所最尊奉，才情诣力，亦不后诸人。终觉积谷作米，把缆放船，无开阔手段。然其清绝处，自不易到。”又曰：“玉田词佳者匹敌圣与，往往有似是而非处，不可不知。”又曰：“叔夏所以不及前人处，只在字句上着工夫，不肯换意。若其用意佳者，即字字珠辉玉映，不可指摘。近人喜学玉田，亦为修饰字句易、换意难耳。”②

---

① 语见戈载（字顺卿）《宋七家词选》。郑思肖语，见其《山中白云词序》：“吾识张循王孙玉田先辈，喜其三十年汗漫南北数千里，一片空狂怀抱，日日化雨为醉……鼓吹春声于繁华世界，飘飘微情，节节弄拍，嘲明月以谑乐，卖落花而赔笑，能令后三十年西湖锦绣山水，犹生清响。”仇远（号山村）语，亦见其《山中白云词序》：“《山中白云词》，意度超玄，律吕协洽，方之古人，当与白石老仙相鼓吹。”

② 语见周济《介存斋论词杂著》。

高阳台（西湖春感）

接叶巢莺，平波卷絮，画桥斜日归船。能几番游，看花又是明年。东风且伴蔷薇住，到蔷薇、春已堪怜。更凄然。万绿西泠，一抹荒烟。　当年燕子知何处，但苔深韦曲，草暗斜川。见说新愁，如今也到鸥边。无心再续笙歌梦，掩重门、浅醉闲眠。莫开簾。怕见飞花，怕听啼鹃。

◇画桥：一作“断桥”。西泠：原作“西冷”，应误。

木兰花慢（归隐湖山书寄陆处梅）

二分春是雨，采香径、绿阴铺。正私语晴蛙，于飞晚燕，闲掩纹疏。流光惯欺病酒，问杨花、过了有花无。啼鴂初闻院宇，钓船犹系菰蒲。　林逋。树老山孤。浑忘却、隐西湖。叹扇底歌残，蕉间梦醒，难寄中吴。秋痕尚悬鬓影，见莼丝、依旧也思鲈。黏壁蜗涎几许，清风只在樵渔。

解连环（孤雁）

楚江空晚。怅离群万里，恍然惊散。自顾影、欲下寒塘，正沙净草枯，水平天远。写不成书，只寄托、相思一点。叹因循误了，残毡拥雪，故人心眼。　谁怜旅愁荏苒。谩长门夜悄，锦筝弹怨。想伴侣、犹宿芦花，也曾念春前，去程应转。暮雨相呼，怕蓦地、玉关重见。未羞他、双燕归来，画簾半捲。

◇寄托：一作“寄得”。叹：一作“料”。

甘　州

记玉关、踏雪事清遊。寒气敝貂裘。傍枯林古道，长河饮马，此意悠悠。短梦依然江表，老泪洒西州。一字无题处，落叶都愁。　载取白云归去，问谁留楚佩，弄影中洲？折芦花赠远，零落一身秋。向寻常、野桥流水，待招来，不是旧沙鸥。空怀感，有斜阳处，却怕登楼。

◇事清遊：原作“是清遊”，“是”应误，径改。敝貂裘：一作“脆貂裘”。最怕登楼：一作“却怕登楼”。

四　王沂孙

王沂孙，字圣与，又号中仙，会稽人。著有《花外集》两卷，一名《碧山乐府》。

戈顺卿曰：“予尝谓白石之词空前绝后，匪特无可比肩，抑且无从入手；而能学之者，则惟中仙。其词运意高远，吐韶妍和。其气清，故无粘滞之音；其笔超，故有宕往之趣。是真白石之入室弟子也。”[1]

---

[1] 语见戈载《宋七家词选》卷六。

周止庵曰："中仙最多故国之感，故着力不多，天分高绝，所谓意能尊体也。"又曰："中仙最近叔夏一派，然玉田自逊其深处。"①

扫花游（绿阴）

捲簾湿翠，过几阵残红，几番风雨。问春住否。但
●○●● ●●●○○ ●○○● ●○●● ●

匆匆暗里，换得花去。乱碧迷人，总是江南旧树。漫凝
○○●● ●○○● ●●○○ ●●○○●● ●○

竚。念昔日采香，人更何许。　芳径攜酒处。又荫得
● ●◉●●○ ○●○● ○●○●● ●●○

青青，嫩苔无数。故林晚步。想参差渐满，野塘山路。
○○ ●○○● ●○●● ●○○●● ●○○●

倦枕闲床，正好微曛院宇。送凄楚。怕凉声、又催秋莫。
●●○○ ●●○○●● ●○● ●○○ ●○○●

◇残红：一作"残寒"。住：原作"往"，误，径改。换得：一作"换将"。漫：一作"谩"。莫：通"暮"。

齐天乐（萤）

碧痕初化池塘草，荧荧野光相趁。扇薄星流，盘明
◉○◉●○○● ○○●○○● ●●○○ ○○

露滴，零落秋原飞燐。练裳相近。况穿柳生凉，度荷分
●● ◉●○○○● ○○●● ●◉●○○ ●○○

暝。误我残编，翠囊空叹梦无准。　楼阴时过数点，
● ●●○○ ●○○●●○● ○○●○○●

倚阑人未睡，曾赋幽恨。汉苑飘苔，秦宫坠叶，千古凄
●○○●● ○●○● ●○○○ ○○●● ◉●○

---

① 语见周济《介存斋论词杂著》。

凉不尽。何人为省？但隔水馀晖，傍林残影。已觉萧疏，
○○●　○○●●　●◉●○○　●○○●　●●○○
更堪秋夜永。
●○○●●

◇飞燐：一作“飞磷”；燐，同“磷”，指磷火。相近：一作“暗近”。况：一作“记”。暝：原作“瞑”。秦宫：一作“秦陵”。

高阳台

残雪庭除，轻寒簾影，霏霏玉管春葭。小帖金泥，不知春是谁家。相思一夜窗前梦，奈箇人、水隔天遮。但凄然，满树幽香，满地横斜。　江南自是离愁苦，况遊骢古道，归雁平沙。怎得银笺，殷勤说与年华。如今处处生芳草，纵凭高、不见天涯。更消他，几度东风，几度飞花。

◇簾影：一作“簾阴”。是谁家：一作“在谁家”。

五　史达祖

史达祖，字邦卿，著有《梅溪词》二卷。

张功甫《梅溪词序》云：“纤绡泉底，去尘眼中，妥帖轻圆，特其馀事。”又曰：“有瓌奇警迈、清新闲婉之长，而无訑荡污淫之失，端可以分镳清真、平睨方回。”[1]

---

① 张镃（字功甫）序云：“盖生之作，辞情俱到。织绡泉底，去尘眼中。妥帖轻圆，特其馀事。至于夺苕艳于春景，超悲音于商素，有瑰奇警迈、清新闲婉之长，而无訑荡污淫之失。端可以分镳清真，平睨方回，而纷纷三变行辈，几不足比数。”

姜白石曰："邦卿词奇秀清逸，融情景于一家，会句意于两得。"①

戈顺卿曰："周清真善运化唐人诗句，最为词中神妙之境；而梅溪亦擅其长，笔意更为相近。予尝谓梅溪乃清真之附庸，若仿张为作《词家主客图》，周为主，史为客，未始非定论也。"②

双双燕

过春社了，度簾幕中间，去年尘冷。差池欲住，试
●○●●　◉○●○○　●○○●　◉○◉●　◉
入旧巢相并。还相雕梁藻井，又软语、商量不定。飘然
●●○○●　◉●○○●●　●◉●　○○◉●　○○
快拂花梢，翠尾分开红影。　芳迳。芹泥雨润，爱贴
●●○○　●●○○○●　○●　○○●●　◉○
地争飞，竞夸轻俊。红楼归晚，看足柳昏花瞑。应是棲
●○○　●○○●　◉○◉●　◉●●○○●　◉●○
香正稳，便忘了、天涯芳信。愁损翠黛双蛾，日日画阑
○●●　●◉●　○○◉●　○◉●●○○　●●◉○
独凭。
◉●

◇柳昏：一作"柳暗"。原文"花瞑"，多作"花瞑"，径改。

寿楼春（寻春服有感）

裁春衫寻芳。记金刀素手，同在晴窗。几度因风残
○○○○○　●○○●●　○●○○　●●○○○

---

① 姜夔语，亦见张镃《序》，称史达祖词"奇秀清逸，有李长吉之韵。盖能融情景于一家，会句意于两得"。

② 语见戈载《宋七家词选》卷二。

絮，照花斜阳。谁念我，今无裳？自少年、消磨疏狂。
●　●○○○　○●●　○○○　●●○　○○○○
但听雨挑灯，攲床病酒，多梦睡时妆。　　飞花去，良
●●●○○　○○●●　○●●○○　　○○●　○
宵长。有丝阑旧曲，金谱新腔。最恨湘云人散，楚兰魂
○○　●○○●●　○○○○　●●○○○●　●○○
伤。身是客，愁为乡。算玉箫、犹逢韦郎。近寒食人家，
○　○●●　○○○　●●○　○○○○　●○●○○
相思未忘蘋藻香。
○○●●○●○

秋　霁

江水苍苍，望倦柳愁荷，共感秋色。废阁先凉，古簾空幕，雁程最嫌风力。故园信息。爱渠入眼南山碧。念上国，谁是、鲙鲈江汉未归客。　　还又岁晚，瘦骨临风，夜闻秋声，吹动岑寂。露蛩悲、清灯冷屋，繙书愁上鬓毛白。年少俊遊浑断得。但可怜处，无奈冉冉魂惊，采香南浦，剪梅烟驿。

◇鲙：一作“脍”。繙：一作“翻”。剪梅：一作“翦梅”。

燕归梁

独卧秋窗桂未香。怕雨点飘凉。玉人只在楚云傍。也著泪、过昏黄。　　西风今夜梧桐冷，断无梦、到鸳鸯。秋钲二十五声长。请各自，奈思量。

◇原文“梦云”，“梦”当误，径改“楚云”。

临江仙

愁与西风应有约，年年同赴清秋。旧遊簾幕记扬州。

一灯人着梦，双雁月当楼。　　罗带鸳鸯尘暗澹，更须整顿风流。天涯万一见温柔。瘦应缘此瘦，羞亦为郎羞。

◇双雁：今多作“双燕”。缘此：一作“因此”。

六　吴文英

吴文英，字君特，号梦窗，四明人。有《甲乙丙丁词稿》四卷。

戈顺卿曰：“梦窗从履斋诸公游，晚年好填词，以绵丽为尚，运意深远，用笔幽邃，练字练句，迥不犹人。貌观之，雕缋满眼，而实有灵气行乎其间。细心吟绎，觉味满于回，引人入胜。既不病其晦涩，亦不见其堆垛。此与清真、梅溪、白石，并为词学之正宗，一脉真传，特稍变其面目耳。犹之玉谿生之诗，藻采组织，而神韵流转，旨趣永长，未可妄讥其獭祭也。”[①]

周止庵曰：“梦窗每于空际转身，非具大神力不能。”又曰：“梦窗非无生涩处，总胜空滑。况其佳者，天光云影，荡漾绿波，抚玩无斁，追寻已远。”又曰：“君特意思甚感慨，而寄情闲散，使人不易测其中之所有。”[②]

按：梦窗刻意学清真，而深得其妙。但有时用事太晦处，人不易知。故玉田以为“七宝楼台，眩人眼目，拆碎下来，

---

① 语见戈载《宋七家词选》卷四。“觉味满于回”，当作“觉味美方回”。

② 语见周济《介存斋论词杂著》。

不成片段”也。

忆旧游（别黄淡翁）

送人犹未苦，苦送春、随人去天涯。片红飞都尽，

●○○●●　●●○　○◉●○○　●●○○●

阴阴润绿，暗里啼鸦。赋情顿雪双鬓，飞梦逐尘沙。叹

◉○◉●　◉●○○　●○●◉○●　●●●○○　●

病渴凄凉，分香瘦减，两地看花。　西湖断桥路，想

●●○○　○○●●　◉●○○　○○●○●　●

系马垂杨，依旧欹斜。葵麦迷烟处，问离巢孤燕，飞过

●●○○　◉●○○　●●○○●　●○○○●　○○

谁家。故人为写深怨，空壁扫秋蛇。但醉上吴台，残阳

○○　●○●◉●●　◉●●○○　●●●○○　○○

草色归思赊。

●●○●○

◇飞都尽：一作“都飞尽”。阴阴润绿：一作“正阴阴润绿”。

风入松

听风听雨过清明，愁草瘗花铭。楼前绿暗分携路，

◉○◉●●○○　◉●●○○　◉○●●○○●

一丝柳，一寸柔情。料峭春寒中酒，交加晓梦啼莺。

●○◉　◉●○○　◉●◉○●●　◉○◉●○○

西园日日扫林亭，依旧赏新晴。黄蜂频扑秋千索，有

◉○◉●●○○　◉●●○○　◉○◉●○○●　●

当时、纤手香凝。惆怅双鸳不到，幽阶一夜苔生。

○◉　◉●○○　◉●◉○◉●　◉○◉●○○

莺啼序

残寒正欺病酒，掩沉香绣户。燕来晚、飞入西城，似说春事迟暮。画船载、清明过却，晴烟冉冉吴宫树。

念羁情游荡，随风化为轻絮。　十载西湖，傍柳系马，趁娇尘软雾。遡迴渐、招入仙溪，锦儿偷寄幽素。倚银屏、春宽梦窄，断红湿、歌纨金缕。暝堤空，轻把斜阳，总还鸥鹭。　幽兰旋老，杜若还生，水乡尚寄旅。别后访、六桥无信，事往花萎，瘗玉埋香，几番风雨。长波妒盼，遥山羞黛，渔灯分影春江宿，记当时、短楫桃根渡。青楼彷佛，临分败壁题诗，泪墨惨澹尘土。

危亭望极，草色天涯，叹鬓侵半苎。暗点检、离痕欢唾，尚染鲛绡，亸凤迷归，破鸾慵舞。殷勤待写，书中长恨，蓝关辽海沉过雁，慢漫相思、弹入哀筝柱。伤心千里江南，怨曲重招，断魂在否？

◇念羁情游荡，随风化为轻絮：句读多作“念羁情、游荡随风，化为轻絮”。遡迴渐：一作“溯红渐”；遡，同“溯”。花萎：一作“花委”；委，通“萎”。慢：多作“漫”。

七　其余诸家

南宋词，除以上数家外，更录张孝祥、康与之、姜捷、刘过、周密、朱藻等各一二首。

念奴娇（过洞庭）　张孝祥

洞庭青草，近中秋，更无一点风色。玉界琼田三万
●○○●　●○○　◉◉●○○○　◉●◉○○●

顷，著我扁舟一叶。素月分辉，明河共影，表里俱澄澈。
●　◉○◉○○●　◉●○○　○○◉●　◉●●○○

悠然心会，妙处难与君说。　应念岭表经年，孤光自
◉●○●　◉○○●○●　◉●◉●○○　○○◉

照，肝胆皆冰雪。短发萧疏襟袖冷，稳泛沧溟空阔。尽
● ◉●○○● ◉●○○○●● ◉●○○○● ◉
吸西江，细斟北斗，万象为宾客。扣舷独啸，不知今夕
●○○ ◉●◉● ◉●○○● ◉○○● ◉○○●
何夕！
○●

◇风色：原作“秋色”，应误。玉界：一作“玉鉴”。岭表：一作“岭海”。肝胆：一作“肝肺”。萧疏：一作“萧骚”。苍溟：一作“沧溟”。尽吸：今多作“尽挹”。叩舷：一作“扣舷”。

六洲歌头 张孝祥

长淮望断，关塞莽然平。征尘暗，霜风劲，悄边声。暗销凝。追想当年事，殆天数，非人力，洙泗上，絃歌地，亦羶腥。隔水毡乡，落日牛羊下，区脱纵横。看名王宵猎，骑火一川明。笳鼓悲鸣。遣人惊。　念腰间箭，匣中剑，空埃蠹，竟何成。时易失，心徒壮，岁将零。渺神京。干羽方怀远，静烽燧，且休兵。冠盖使，纷驰骛，若为情。闻道中原遗老，常南望、羽葆霓旌。使行人到此，忠愤气填膺。有泪如倾。

◇暗销凝：多作“黯销凝”。

满庭芳（冬景） 康与之

霜幕风簾，闲斋小户，素蟾初上雕笼。玉杯醽醁，还与可人同。古鼎沉烟篆细，玉笋破、橙橘香浓。梳妆懒，脂轻粉薄，约略淡眉峰。　清新，歌几许，低随慢唱，语笑相共。道文书针线，今夜休攻。莫厌兰膏更继，明朝

又、纷冗匆匆。酩酊也，冠儿未卸，先把被儿烘。

◇相共：一作“相供”。

虞美人　蒋捷

少年听雨歌楼上，红烛昏罗帐。壮年听雨客舟中，江阔云低、断雁叫西风。　　而今听雨僧庐下，鬓已星星也。悲欢离合总无情，一任阶前、点滴到天明。

霜天晓角（折花）　蒋捷

人影窗纱。是谁来折花。折花折则从他折去，知折
◉○◉● ◉●○○○ ◉○◉●◉○◉● ○◉

去、向谁家。　　簷牙。枝最佳。折时高折些。说与折
● ◉○● ◉◉ ○●○ ◉○○●● ◉●◉

花人道：须插向、鬓边斜。
○◉● ◉◉● ◉○●

◇原文“折则从他折去”前，衍“折花”二字。

醉太平（闺情）　刘过

情高意真。眉长鬓青。小楼明月调筝。写春风数声。
○○◉○ ○○◉○ ◉○◉●○○ ●○○●○

思君忆君。魂牵梦萦。翠销香暖云屏。更那堪酒醒。
○○●○ ○○●○ ◉○◉●○○ ●○○●○

◇翠绡：一作“翠销”。

一萼红（登蓬莱阁）　周密

步深幽，正云黄天淡，雪意未全休。鉴曲寒沙，茂林烟草，俯仰古今悠悠。岁华晚、漂零渐远，谁念我、

同载五湖舟？磴古松斜，厓阴苔老，一片清愁。　回首天崖归梦，几魂飞西浦，泪洒东州。故国山川，故园心眼，还似王粲登楼。最负他，秦鬟妆镜，好河山，何事此时游！为唤狂吟老监，共赋销忧。

◇古今：一作“千古”。飘零：一作“漂零”。厓阴：原文“匡阴”，误，应为“厓阴”；厓，亦作“崖”。

醜奴儿（春暮）　朱藻

障泥油壁人归后，满院花阴。楼影沉沉。中有伤春一片心。　闲穿绿树寻梅子，斜日昽明。团扇风轻。一径杨花不避人。

◇昽明：一作“笼明”。

第四章　论金元明词

金源立国浅陋，其文献仅见于《中州》一集。《中州乐府》所列亦三十馀家，大都患在粗豪，辛桂之气太重。其差可称者，只元遗山好问、赵闲闲秉文二人而已。元人入主，絃索登场，杂剧盛行，而词学遂废。然如赵子昂孟頫、萨天锡都剌、张仲举翥、倪元镇瓒等，犹偶有精作，足以自立。及至明代，文人专重科举，学术扫地，填词者一味模拟《花间》《草堂》，而于神味全未梦见，只可略而不论耳。

清平乐　元好问

离肠宛转。瘦觉妆痕浅。飞去飞来双乳燕。消息知郎近远。　楼前小雨珊珊。海棠簾幕轻寒。杜宇一声春去，树头无数青山。

◇乳燕：一作“语燕”。

青杏儿　赵秉文

风雨替花愁。风雨罢，花也应休。劝君莫惜花前醉，

◉●●○○　◉◉◉　◉●○○　◉○◉●○○●

今年花谢，明年花谢，白了人头。　乘兴两三瓯。拣

◉○◉●　◉○◉●　◉●○○　◉●●○○　◉

溪山好处追游。但教有酒身无事，有花也好，无花也好，

◉◉◉●○○　◉○◉●○○●　◉○◉●　◉○◉●

选甚春秋。

◉●○○

浣溪沙（赠歌者） 赵孟頫

满捧金卮低唱词。尊前再拜索新诗。老夫惭愧鬓成丝。　罗袖染将修竹翠，粉香须上小梅枝。相逢不似少年时。

◇巵：古同“卮”。须上：一作“吹上”。

满江红（金陵怀古） 萨都剌

六代繁华，春去也、更无消息。空怅望，山川形胜，
◉●○○ ○●● ◉○◉● ○●● ◉○◉●
已非畴昔。王谢堂前双燕子，乌衣巷口曾相识。听夜深、
◉○◉● ◉●○○○●● ◉○◉●○◉● ●◉○
寂寞打孤城，春潮急。　思往事，愁如织。怀故国，空
◉●●○○ ○○○ ○●● ○○● ○●● ○
陈迹。但荒烟衰草，乱鸦斜日。玉树歌残秋露冷，胭脂井
○○ ○◉○○● ◉○◉● ◉●○○○●● ◉○◉
坏寒螀泣。到如今、只有蒋山青，秦淮碧！
●○○● ●◉○ ◉●●○○ ○○●

◇豪华：一作“繁华”。

多丽（西湖泛舟） 张翥

晚山青。一川云树冥冥。正参差、烟凝紫翠，斜阳画出南屏。馆娃归、吴台游鹿，铜仙去、汉苑飞萤。怀古情多，凭高望极，且将樽酒慰飘零。自湖上、爱梅仙远，鹤梦几时醒。空留得、六桥疏柳，孤屿危亭。
待苏堤、歌声散尽，更须携妓西泠。藕花深、雨凉翡翠，菰蒲软、风弄蜻蜓。澄碧生秋，闹红驻景，采菱新唱最

堪听。见一片、水天无际，渔火两三星。多情月、为谁留照，未过前汀。

◇樽酒：一作“尊酒”。空留得：一作“空留在”。为谁：一作“为人”。

人月圆　倪瓒

伤心莫问前朝事，重上越王台。鹧鸪啼处，东风草

◉○◉●○○●　◉●●○○　◉○◉●　◉○◉

绿，残照花间。　　怅然歌啸，青山故国，乔木苍苔。

●　◉●○○　　◉○◉●　◉○◉●　◉●○○

当时明月，依依素影，何处飞来？

◉○◉●　◉○◉●　◉●○○

◇花间：多作“花开”。

第五章　论清词

清代文学鼎盛，词人之多，几于度越两宋。且以宋谱亡佚，乐律无征，所重惟在词翰，而发展因之更易。溯其初叶，竹垞、容石〔若〕，并为大宗。竹垞标举姜、张，而时有沉雄之作，后人但取其清疏，衍为浙派。容石〔若〕则瓣香重光，幽艳哀断，小令之美，古今无匹。同时其年纵横，梁汾沉咽，樊榭以窈曲为工，名亦相敌。乾嘉之际，常州派盛行，则皋文为之倡，而板桥道人，如孤云白鹤，翔舞天表，虽不以词名，而词自足传。嘉道而后，作者愈多，莲生以境胜，鹿潭以格胜，定庵以气力胜，频伽以情致胜；而蘋香女士呼吸清光，乃尽浙派空灵之能事。迄于晚清，词运就衰，顾犹有三人，其才力足以包举两宋，并为大家，则半塘、静安、疆村是也。兹为一一分述之。

一　朱彝尊

朱彝尊，字竹垞，秀水人。康熙己未召试博学鸿词，授检讨。著有《曝书亭集》词十卷，《词综》三十六卷。

曹尔堪《曝书亭词序》云："芊绵温丽，为周、柳擅长。时复杂以悲壮，殆秦缶燕筑相摩荡。其为闺中之逸调耶？为塞上之羽音耶？盛年绮笔，造而益深。"

案：《曝书亭词》以《江湖载酒集》三卷为正集，缠绵悲壮，各体皆备。《静志居琴趣》一卷，首首皆本事。卷尾《洞仙歌》三十阕，尤可与其《风怀诗》参看。古来连用数十阕长调纪事者，盖自竹垞始也。又《茶烟阁体物》二卷，咏物之工，不减梅溪。《蕃锦集》一卷，皆集唐人诗句为词，亦别体也。综其所作，高秀超逸，绵密精严，标格在南宋诸公，而但以姜、张为止境。又好引经据典，饾饤琐屑，遂有“朱贪多，王（渔洋）爱好”之称，可谓切中其弊矣。

桂殿秋

思往事，渡江干。青蛾低暎越山看。共眠一舸听秋

○●● ●○○ ◉○◉●●○○ ◉○◉●○○

雨，小簟轻衾各自寒。

● ◉●○○●●●

◇暎：古同“映”。

酷相思（阻风湖口）

社鼓神鸦，天外楼。见渺渺、江流去。向晚来、石

◉●○○ ○●● ◉●● ○○● ◉◉◉ ◉

尤君莫渡，大姑也、留人住，小姑也、留人住。　杜

○○●● ◉◉● ○○● ◉◉● ○○● ◉

宇催归朝复暮，转把归期误。侭灯火、孤蓬愁几许，风

●○○○●● ◉●○○● ◉◉◉ ◉○○●● ◉

急也、声声雨，风定也、声声雨。

◉● ○○● ◉◉● ○○●

◇天外楼：多作“天外树”。

水龙吟（谒张子房）

当年博浪金椎，惜乎不中秦皇帝！咸阳大索，下邳

亡命，全身非易。纵汉当兴，使韩仍在，肯臣刘季？算论功三杰，封留万户，都未是、平生意。　遗庙彭城故里，有苍苔断碑横地。千盘驿路，满山枫叶，一湾河水。沧海人归，圯桥石杳，古墙空闭。怅萧萧白发，经过揽涕，向斜阳里。

◇使韩仍在：一作“使韩成在”。擥：同“揽”。

高阳台

（吴江叶元礼，少日过流虹桥，有女子在楼上，见而慕之，竟至病死。气方绝，适元礼复过其门，女之母以女临终之言告叶。叶入哭，女目始瞑。友人为作一传，余纪以词。）

桥影流虹，湖光映雪，翠簾不卷春深。一寸横波，断肠人在楼阴。游丝不系羊车住，倩何人、传语青禽？最难禁，倚徧雕阑，梦徧罗衾。　重来已是朝云散，怅明珠珮冷，紫玉烟沉。前度桃花，依然开徧江浔。钟情怕到相思路，盼长隄、草尽红心。动愁吟，碧落黄泉，两处谁寻。

◇开徧：一作“开满”。谁寻：一作“难寻”。

浪淘沙（雨花台）

衰柳白门湾，潮打城还，小长干接大长干。歌板酒旗零落尽，剩有鱼竿。　秋草六朝寒，花雨空坛。更无人处一凭阑。燕子斜阳来又去，如此江山。

百字令（度居庸关）

崇墉积翠，望关门一线，似悬檐溜。瘦马登登愁径滑，何况新霜时候？画鼓无声，朱旗卷尽，惟剩萧萧柳。薄寒渐甚，征袍明日添又。 谁放十万黄巾，丸泥不闭，直入车箱口。十二园陵风雨暗，响偏哀鸿离兽。旧事惊心，长涂望眼，寂寞闲庭堠。当年锁钥，董龙真是鸡狗。

◇望关门一线檐溜：一作“望关门一线，似悬檐溜”。下片原本误植较多，“不闭”原作“不闲”，“车厢口”原作“巾箱口”，“偏”原作“偏”，“闲庭堠”原作“间庭堠”，均误而径改。

二 纳兰性德

纳兰性德，字容若，满洲人，清太傅明珠子。廿一岁中进士，授一等侍卫，三十一卒。著有《饮水》《侧帽词》各一卷。

容若貂珥朱轮，生长华胄，而其词哀怨骚屑，类憔悴失职者之所为。韵淡疑仙，思幽近鬼，年之不永，殆兆于斯。至其小令清凄婉丽，尤得南唐二主之遗，故人多以“重光后身”称之。

蝶恋花

辛苦最怜天上月，一昔如环，昔昔长如玦。但似月轮终皎洁，不辞冰雪为卿热。 无奈钟情容易绝，燕子依然，软踏簾钩说。唱罢秋坟愁未歇，春丛认取双栖蝶。

◇三“昔”字：一作“夕”。长如：一作“都成”。但似：一作“若似”。无奈钟情：一作“无那尘缘”。

前　调

眼底风光留不住，和暖和香，又上雕鞍去。欲倩烟丝遮别路，垂杨那是相思树。　惆怅玉颜成间阻，何事东风，不作繁华主。断带依然留乞句，斑骓一系无寻处。

前　调

又到绿杨曾折处，不语垂鞭，踏偏清秋路。衰草连天无意绪，雁声远向萧关去。　不恨天涯行役苦，只恨西风，吹梦成千古。明日客程还几许，霑衣况是新寒雨。

◇千古：一作“今古”。

临江仙

长记碧纱窗外语，秋风吹送啼鸦。片帆从此寄天涯，一镫新睡觉，思梦月初斜。　便是欲归归未得，不如燕子还家。春云春水带轻霞，画船人似月，细雨落杨花。

◇镫：同“灯”。

前调（永平道中）

独客单衾谁念我，晓来凉雨飕飕。缄书欲寄又还休，个侬憔悴，禁得更添愁？　曾记年年三月病，而今病向深秋。卢龙风景白人头，药炉烟里，支枕听河流。

◇槭：古同“缄”。

生查子

东风不解愁，偷展湘裙衩。独夜背纱笼，影著纤腰画。　　爇尽水沉烟，露滴鸳鸯瓦。花骨冷宜香，小立樱桃下。

前　调

散帙坐凝尘，吹气幽兰并。茶名龙凤团，香字鸳鸯饼。　　玉局类弹棋，颠倒双栖影。花月不曾闲，莫放相思醒。

浣溪沙（西郊冯氏园看海棠，因忆香严词有感。）

谁道飘零不可怜，旧游时节好花天，断肠人去自经年。　　一片晕红疑着雨，晚风吹掠鬓云偏。倩魂销尽夕阳前。

◇疑著雨：一作“才著雨”。晚风吹掠鬓云偏：一作“几丝柔绿乍和烟”。

前　调

一半残阳下小楼，朱簾斜控软金钩。倚栏无绪不能愁。　　有个盈盈骑马过，薄妆浅黛亦风流。见人羞涩却回头。

前　调

肠断斑骓去未还，绣屏深锁凤箫寒。一春幽梦有无间。　逗雨疏花浓淡改，关心芳草浅深难，不成风月转摧残。

三　陈维崧

陈维崧，字其年，号迦陵，江苏宜兴人。康熙己未召试鸿词科，授检讨。著有《湖海楼词》二十卷。

其年词天才艳发，辞锋横溢，驱使群籍，举重若轻。然其弊在叫嚣矗野，未夺稼轩之垒，先蹈龙川之辙。全集多至千八百馀阕，未免玉石杂揉矣。又好为叠韵，往往一叠至十馀阕，蹈险逞能，亦非正格。谭復堂云：“锡鬯、其年出，而本朝词派始成。顾朱伤于碎，陈厌其率，流弊亦百年而渐变。锡鬯情深，其年笔重，固后人所难到，嘉庆以前为二家笼者十居七八。”①

东风第一枝（踏青）

檐溜才停，街泥乍涴，花梢日影摇午。陌头霁景增
◉●○○ ◉○◉● ◉●●●○● ◉○◉○○
妍，水边烟光添妩。茜衫笑检，忆春在、谢桥深处。正
○ ◉●●○◉● ◉○◉● ◉◉● ◉○◉● ●
沿隄、絮燕吟莺，吹满一天风絮。　篱杏糁、红飘尘
○○ ◉●○○ ◉●◉○○● ○◉● ◉○○
土，溪柳罨、绿凝门户。画完江左亭台，酿成花朝节序。
● ○◉● ◉○○● ◉○◉●○○ ◉○◉○◉●
为欢併日，况渐偪、韶光百五。约钿车、明日重游，又
◉○◉● ◉◉● ◉○◉● ●○○ ◉●○○ ◉

① 语见谭献（号復堂）《復堂词话》。

听小楼宵雨。
●◉○○●

◇絮燕吟莺：一作“叫燕吟莺”；莺，原作“鹦”，误。绿凝门户：一作“带烟朱户”。偪：同“逼”。

满江红（赠顾梁汾）

二十年前，曾见汝、宝钗楼下。春二月、铜街十里，杏衫笼马。行处偏遭娇鸟唤，看时谁让珠簾挂。只沈腰、今也不宜秋，惊堪把。　　且给个，金门假；好长就，旗亭价。记炉烟扇影，朝衣曾惹。芍药才填妃子曲，琵琶又听商船话。笑落花、和泪一般多，沾罗帊。（失职不平。）

◇原文“鑢烟”，“鑢”当为“鑪（炉）”，径改。沾：一作“淋”。帊：一作“帕”。

水龙吟（白莲）

水明楼下相看，凉荷一色珑鬆地。赤栏低压，绿裳轻蘸，月明千里。小苑梨花，重门柳絮，算来相似。傍前汀白鹭，几番飞下，寻不见，迷花底。　　无数弄珠人戏，小酥娘、水天闲倚。明妆束素非关，只爱把秾华洗。为怕秋来，满湖红粉，惹人憔悴。拚年年玉貌，江潭夜悄，凝如铅泪。

◇明妆束素非关，只爱把秾华洗：句读一作“明妆束素，非关只爱，把秾华洗”。

四　顾贞观

顾贞观，字华峰，一字梁汾，江苏无锡人。康熙丙午举人，官典籍。著《弹指词》一卷。

邹升恒《顾梁汾传》："先生于友谊最笃。松陵才子吴汉槎戍宁古塔，先生祖送时，有'半百生还'之约，寄《金缕曲》二词。容若见之，为之泣下，极力营救，汉槎果以辛酉入关，赎锾皆先生办也。"

吴兆骞《秋笳集·寄顾舍人书》：《弹词（指）集》如灵和杨柳，韵倩堪怜；又如卫洗马言愁，令人顣頞。少游、美成，更当何处生活？"

曹秋岳曰："《弹指》早负盛名，而神姿清澈，俨如琼林琪树。故其填词缠绵悽惋，恍听坡公'柳绵'句，那得不使朝云声咽。"又曰："读《弹指词》，有凌云驾虹之势，无镂冰剪綵之痕。具此手笔，方可言香艳之妙。"[①]

《赌棋山庄词话》："顾梁汾短调隽永，长调委宛尽致，得周、柳精处。跡其生平，与吴汉槎兆骞最称莫逆，《秋笳》之诗、《弹指》之词，固是骚坛二妙。其寄汉槎宁古塔《贺新凉》云云，浓挚交情，艰难身世，苍茫离思，愈转愈深，一字一泪。吾想汉槎当日得此词于冰天雪窖间，不知何以为情。后来效此体者极多，然平铺直叙，率觉嚼蜡，由无深情真气为之榦，而漫云以词代书也。梁汾咏寒柳《临江仙》云：'西风著意做繁华，飘残三月絮，冻合一江花。'又云：'永丰西畔即天涯，白头金缕曲，翠黛玉钩斜。'咏梅《浣溪沙》云：'冻云深护最高枝。'又云：'一片冷香惟有梦，十分清瘦更无

① 曹溶（字秋岳）评语，见聂先、曾王孙编《名家词钞》。

诗，待他彩影说相思！’剔透玲珑，风神独绝，诚咏物雅令也。比之排比嫩辞，襞积冷典，相去岂不万万哉！”

金缕曲

（寄吴汉槎宁古塔，以词代书。时丙辰冬，寓京师千佛寺，冰雪中作。）

季子平安否？便归来，平生万事，那堪回首！行路
◉●○○●　●○○　◉○●●　◉○◉●　◉●
悠悠谁慰藉，母老家贫子幼。记不起，从前杯酒。魑魅
◉○○●●　◉●○○○●　◉●●　◉○◉●　◉●
搏人应见惯，总输他、覆雨翻云手，冰与雪，周旋久。
◉○○●●　●○○　◉●○○●　○●●　●○●

泪痕莫滴牛衣透，数天涯，依然骨肉，几家能够？
◉○◉●○○●　●○○　◉○◉●　◉○◉●
比似红颜多命薄，更不如君还有。只绝塞，苦寒难受。
◉●◉○○●●　◉●○○○●　◉●●　◉○◉●
廿载包胥承一诺，盼乌头马角终相救。置此札，兄怀袖。
◉●◉○○●●　●○○◉●○○●　○●●　●○●

◇如君：一作“如今”。兄：一作“君”。

前　调

我亦飘零久！十年来、深恩负尽，死生师友。宿昔齐名非忝窃，只看杜陵穷叟。曾不减、夜郎僝僽。薄命长辞知己别，问人生、到此凄凉否？千万恨，为兄剖。

兄生辛未吾丁丑，共些时、冰霜摧折，早衰蒲柳。词赋从今须少作，留取心魂相守。但愿得、河清人寿。归日急翻行戍稿，把空名料理传身后，言不尽，观顿首。

◇只看：一作“试看”。穷叟：一作“消瘦”。

谒金门

三十矣。弹指韶光能几。梵课村妆从此始。心期成逝水。　　那少真珠百琲。迟却红丝一系。得壻今生应似子。斯言犹在耳。

◇壻：古同“婿”。

清平乐

（书任城店壁。壁上多明季公车名士留题之作，屡经垩抹，不复可认，因撮其字句，连缀为词。）

短衣孤剑。旧识新丰店。看压小槽香潋滟。醉洗玉船红酽。　　早莺送客登车。依微月射银沙。马上续成春梦，墙头笑掷桃花。

青玉案

天然一帧荆关画，谁打稾，斜阳下？历历水残山賸也，乱鸦千点，落鸿孤咽，中有渔樵话。　　登临我亦悲秋者，向蔓草平原泪盈把。自古有情终不化，青娥塚上，东风野火，烧出鸳鸯瓦。

◇稾：同“稿”。賸：同“剩”。孤咽：一作“孤烟”。话：原作“语”，应误。

昭君怨

残雪板桥归路，的的玉人风度。拥袖障轻寒，恣他看。闻道昔遊如昨，添个洗红池阁。掩冉压墙花，是谁家？

五　厉　鹗

厉鹗，字太鸿，号樊榭，钱塘人。康熙庚子举人。著有《樊榭山房词》四卷。

浙派词，竹垞导其端，樊榭畅其绪，以姜、张为圭臬，而不能入北宋一步。然樊榭思致绵邃，娟然妍雅，如空谷佳人，倩妆独立。有惟时征引僻典[1]，隶事过多，则不免失之饾饤。

谭復堂云：“填词至太鸿，真可分中仙、梦窗之席。世人争赏其饾饤葳弱之作，所谓‘微之识碔砆’也。”又云：“《乐府补题》，别有怀抱。后来巧构形似之言，渐忘古意。竹垞、樊榭，不得辞其过。”又云：“樊榭思力可到清真，惜为玉田所累。”[2]

眼儿媚

一寸横波惹春留，何止最宜秋。妆残粉薄，矜严消
◉●○○●○○　◉●●○○　◉○◉●　◉○◉
尽，只有温柔。　当时底事匆匆去？悔不载扁舟。分
●　◉●○○　◉○●●○○●　◉●●○○　◉
明记得，吹花小径，听雨高楼。
○◉●　◉○◉●　◉●○○

八归（隐几山楼赋夕阳）

初翻雁背，旋催雅翼，高树半挂微晕。销凝最是登

---

① 有惟：原文如此。疑衍“有”，或作“惟有”。

② 语见谭献《箧中词》。

楼意，常对乱波红蘸，远山青衬。不管长亭歌欲断，渐照去、鞭痕将隐。想故苑、燕麦离离，满地弄金粉。　何况春游乍歇，花愁多少，只恼黄昏偏近。冷和帆落，惨连笳起，更带孤烟斜引。误雕栏倚遍，霁色明朝也应准。无言处，望中容易，下却西墙，相思人老尽。

◇雅翼：一作“鸦翼”；雅，通“鸦”。

高阳台（落梅）

缟月啼香，青禽警瘦，遗环每恨俱飘。雪没鞵痕，何人为扫溪桥。东风欲避层台远，御风归、第一春销。恼相思，枝北枝南，冷梦迢迢。　山空记得吟疏影，拾参差碎玉，自裹冰绡。湖水无声，流残旧怨新娇。馀酸已在浓阴里，怕重屏、半萼难描。更堪他，消息经年，雨暮云朝。

◇每恨：一作“与恨”。鞵：同“鞋”。

玉漏迟（永康病中夜雨感怀）

薄遊成小倦。惊风梦雨，意长笺短。病与秋争，叶叶碧梧声颤。湿鼓山城暗数，更穿入、溪云千片。灯晕翦。似曾认我，茂陵心眼。　少年不负吟边，几熨帛光阴，试香池馆。欢境消磨尽，付砌虫微叹。客子关情药裹，觅何地、烟林疏散？怀正远。胥涛晓喧枫岸。

◇翦：同“剪”。欢境消磨尽，付砌虫微叹：句读多作“欢境消磨，尽付砌虫微叹”。

百字令（月夜过七里滩，光景奇绝，歌此调，几令众山皆响。）

秋光今夜，向桐江，为写当年高躅。风露皆非人世有，人自坐船吹竹。万籁生山，一星在水，鹤梦疑重续。拏音遥去，西岩渔父初宿。　心忆汐社沉埋，清狂不见，使我形容独。寂寂冷萤三四点，穿过前湾茅屋。林净藏烟，峰危限月，帆影摇空绿。随风飘荡，白云还卧深谷。

◇人自坐船吹竹：一作“自坐船头吹竹”。拏音：一作“挐音”。

六　郑　燮

郑燮，字克柔，号板桥，兴化人。乾隆中进士，潍县知县。著有《板桥词》一卷。

乾嘉后各家词选，皆不列板桥词，以其非正格也。顾文字工拙，不徒形式。板桥襟怀冲淡，故其词纯写天趣，疏松淡远，别有一种不衫不履之态。叙景多于言情，然偶为致语，弥觉隽永。

渔家傲（王荆公新居）

积雨新晴红日吐，小桥着水烟绵树。茅屋数间谁是
●●◉○○●●　◉○◉●○○●　◉●◉○○●

主？王介甫，而今晓得青苗误。　吕惠卿曹何足数，
●　○◉●　◉○◉●○○●　●●◉○○●●

苏东坡遇还相恕。千古文章根肺腑。长亿汝，蒋山山下
◉○◉●○○●　◉○◉○○●●　○◉●　◉○◉●

南朝路。
○○●

◇红日：一作“江日”。烟绵树：一作“烟缠树”。

沁园春（恨）

花亦无知，月亦无聊，酒亦无灵。把夭桃斫断，煞
○●○○ ●●○○ ◉◉●○ ●◉○◉○ ◉

他风景；鹦哥煑熟，佐我杯羹。焚砚烧书，椎琴裂画，
○◉● ◉○◉● ◉●○○ ◉●○○ ◉○◉●

毁尽文章抹尽名。荥阳郑，有慕歌家世，乞食风情。
◉●○○○●● ○○● ●○○●● ●●○○

单寒骨相难更。笑席帽青衫太瘦生。看蓬门秋草，年
○○●●○○ ●◉●○○○●○ ●◉○◉● ◉

年破巷；疏窗细雨，夜夜孤灯。难道天公，还箝恨口，
○◉● ○○◉● ◉●○○ ◉●○○ ◉○●●

不许长吁一两声？颠狂甚，取乌丝百幅，细写凄清。
◉●○○○●○ ○○● ●○○●● ◉●○○

◇煑熟：一作“煮熟”；煑，同“煮”。还箝恨口：原作“还嵌恨口”，“嵌”应误。

踏莎行

中表姻亲，诗文情愫，十年幼小娇相护。不须燕子引人行，画堂到得重重户。　颠倒思量，朦胧劫数，藕丝不断莲心苦。分明一见怕销魂，却愁不到销魂处。

满江红（思家）

我梦扬州，便想到扬州梦我。第一是隋隄绿柳，不堪烟锁。潮打三更瓜步月，雨荒十里红桥火。更红鲜冷

淡不成圆，樱桃颗。　　何日向，江村躲；何日上，江楼卧？有诗人某某，酒人个个。花迳不无新点缀，沙鸥颇有闲功课。归白头供作折腰人，将毋左。

◇归白头：一作“将白头”。

青玉案（官况）

十年盖破黄紬被，偬历遍、官滋味。雨过槐厅天似水，正宜泼茗，正宜开酿，又是文书累。　　坐曹一片吆呼碎，衙子催人装傀儡，束吏平情然也未？酒阑烛跋，漏寒风起，多少雄心退。

◇紬：同“绸”。泼茗：原作“拨茗”，“拨”误径改。装傀儡：一作“妆傀儡”。

蝶恋花（晚景）

一片青山临古渡，山外晴霞，漠漠收残雨。流水远天波似乳，断烟飞上斜阳去。　　徙倚高楼无一语，燕不归来，没个商量处。鸦噪暮云城堞古，月痕淡入黄昏雾。

七　张惠言

张惠言，字皋文，武进人。著有《茗柯词》一卷；又与乃弟翰丰，同撰《宛陵词选》。

茗柯兄弟以文章之法为词，胸襟喷薄，大雅遒逸，振北宋之绪。自嘉庆以来名家均从之，是为“常州派”。同时如董、陆、方、钱诸家，及亲灸〔炙〕绪馀如歙之金、郑诸子，皆能与之把臂入林，其造就远矣。

水调歌头（春日赋示杨生子掞）

东风无一事，妆出万重花。闲来阅遍花影，惟有月钩斜。我有江南铁笛，要倚一枝香雪，吹彻玉城霞。清影渺难即，飞絮满天涯。　　飘然去，吾与汝，汎云槎。东皇一笑相语：芳意落谁家？难道春花开落，又是春风来去，便了却韶华？花外春来路，芳草不曾遮。

◇汎：同“泛”。又是：一作“更是”。

百年复几许，慷慨一何多！子当为我击筑，我为子高歌。招手海边鸥鸟，看我胸中云梦，蒂芥近如何。楚越等闲耳，肝胆有风波。　　生平事，天付与，且婆娑。几人尘外相视，一笑醉颜酡。看到浮云过了，又恐堂堂岁月，一掷去如梭。劝子且秉烛，为驻好春过。

珠簾卷春晚，蝴蝶忽飞来。游丝飞絮无绪，乱点碧云钗。肠断江南春思，黏着天涯残梦，賸有首重回。银蒜且深押，疏影任徘徊。　　罗帷卷，明月入，似人开。一尊属月起舞，流影入谁怀？迎得一钩月到，送得三更月去，莺燕不相猜。但莫凭栏久，重露湿苍苔。

◇珠簾：一作“疏簾”。春晚：一作“春晓”。

今月非昨日，明日复何如？揭来真悔何事，不读十年书。为问东风吹老，几度枫江兰径，千里转平芜。寂寞斜阳外，渺渺正愁予。　　千古意，君知否？只斯须。名山料理身后，也莫古人愚。一夜庭前绿遍，三月雨中红透，天地入吾庐。容易众芳歇，莫听子规呼。

◇今月：当为“今日”。正愁予：一作“正愁余”。也莫：一作“也算”。

长镵白木柄，劚破一庭寒。三枝两枝生绿，位置小窗前。要使花颜四面，和著草心千朶，向我十分妍。何必兰与菊，生意总欣然。　　晓来风，夜来雨，晚来烟。是他酿就春色，又断送流年。便欲诛茅江上，只怕空林衰草，憔悴不堪怜。歌罢且更酌，与子绕花间。

◇朶：同“朵”。只怕：一作“只恐”。

八　项鸿祚

项鸿祚，又名廷纪，字莲生，钱塘人。道光十二年举人。著有《忆云词甲乙丙丁稾（稿）》四卷。

莲生家世业盐筴，至君渐落，家被火，室燬。奉母应其姊聓许文恪之招于京师，途次遇水，母与从子皆道殉。君苍黄归，幽忧疾病不自振。既再上春官，被放，轗轲久，遂卒，年只三十八岁。

《忆云词甲稿》自序云：“生幼具愁癖，故其情艳而苦，其感于物也郁而深，如连峰巉巉，中夜猿啸；复如清湘戛瑟，鱼沉雁起，孤月微明。其窅敻幽凄，则山鬼晨吟，琼妃暮泣，风鬟雨鬓，相对支离。不无累德之言，抑亦伤心之极致矣。”①

邓濂序云：“字必色飞，语必魂绝。虽皆缘情绮靡之作，感遇怨悱之旨，而使人锵锵洋洋，悽然自思，黯然自悲。凡吾身之所直，目之所接，缠绵悱恻，烦冤郁积，低徊而不能自言者，皆若于是毕具焉。”

谭復堂云：“莲生，古之伤心人也。荡气回肠，一波三折，有白石之幽涩而去其俗，有玉田之秀折而无其率，有梦窗之深细而化其滞，殆欲前无古人。其《乙稿》自序：‘近日江南诸子，竞尚填词，辨韵辨律，翕然同声，几使姜、张頫首。及观其著述，往往不逮所言’云云，婉而可思。又《丁稿》序云：‘不为无益之事，何以遣有涯之生？’亦可以哀其志矣。以成容若之贵，项莲生之富，而填词皆幽艳哀断，异曲同工，是所谓别有怀抱者。”

东坡引

阑干愁倚遍，幽怀怎消遣？看花悄步闲庭院。海棠开
◉○○●●　◉○●○○　◉○◉●○○●　◉○○
一半，海棠开一半。　绿牕自掩，朱簾还捲。罗帐揭，
●●　◉○○●●　◉○●●　◉○◉●　○●●
香衾展。绣奁未整熏炉煖。如何人不见，如何人不见。
○○●　◉○◉●○○●　◉○○●●　◉○○●●

◇牕：同“窗”。朱簾：多作“珠簾”。

醉花间

愁君去，看君去，君去谁留住？明日一帆风，不见

① 语见谭献《箧中词》。

长干树。　曲廊携手处，后会知能否？除了莫相思，那有闲言语。　书难寄，恨难寄，难寄盈盈泪。判作负情人，翠被笼香睡。　旧欢应忘记，蓦地还提起。秋雨五更头，冷在心儿里。

浣溪纱

曾向西池采玉游，可人天气近中秋。半年前事到心头。　今夜梦魂何处去，一重幪幕一重愁。重重遮断旧妆楼。

◇幪：同“幪”，一作“帘”。

卜算子

花落小楼寒，客散重门静。明月随人出画廊，曲曲阑干影。　浅醉几曾欢，薄睡匆匆醒。也似相思也似愁，人比秋风冷。

◇阑干：一作“栏干”。几曾欢：一作“几曾饮”。

谒金门（湖上暮秋）

秋水漫，鸭阵怯波分散。乌桕红飞霜叶乱，夕阳山一半。　云被晚钟敲断，两两归舟相唤。烟月满湖人不管，画桡齐占岸。

更漏子

藕肠纤，花骨软，一枕泪光红泫。愁信息，绣工夫，梦残啼鹧鸪。　　当时错，如今莫，情比秋罗更薄。霜里角，月中更，行人听不听。

临江仙

乱红窣地春无主，宿寒还恋屏帏。梦中何日是归期？玉台金屋，空逐彩云飞。　　烟月不知人事改，夜深来照花枝。蕙鑪香烬漏声迟。阑珊灯火，残醉欲醒时。

◇鑪：同“炉”。

临江仙

有限春宵无限梦，梦回依旧难留。泪珠长傍枕函流。书来三月尾，灯尽五更头。　　见说而今容易病，日高还掩妆楼。桃花脸薄不禁羞。瘦应如我瘦，愁莫向人愁。

九　龚自珍

龚自珍，字璱人，号定庵，浙江仁和人。道光进士，官礼部主事。词五种：《无着词》《怀人馆词》《影事词》《小奢摩词》《庚子雅词》，所存皆不多。

定庵笔力之重，为清代第一，无论诗、词皆然。段茂堂序其词云：“造意造言，几于韩、李之于文章，银盌盛雪，明月藏鹭，中有异境。”[①] 谭復堂云：“绵丽沉扬，意欲合周、辛而一之奇作也。”又曰：“定公能为飞仙剑客之语，填词家

① 语见段玉裁（号茂堂）《怀人馆词序》。

长爪梵志也。昔人评山谷诗，‘如食蝤蛑，恐发风动气’，予于定公词亦云。”①

定风波

燕子矶头擪笛吹，平明沉玉大王祠。无数蛾眉深院
◉●◉○●●○　◉○◉●●○○　◉●○○○●

里，晏起，晓霜江上阿谁知？　山诡潮奔千万变，当
●　◉●　◉○◉●●○○　◉●○○○●●　◉

面，身轻要唤鲤鱼骑。蓦地江蜚催我去，飞渡，尊前说
●　◉○●●●○○　◉●○○○●●　○●　◉○◉

与定何时？
●●○○

◇擪笛：一作“擫笛”。江蜚：当作“江婓”，又作“江妃”。尊：一作“樽”。

洞仙歌（云缬鸾巢录别）

高楼灯火，已四更天气，吴语喁喁也嫌碎。者新居
◉○◉●　●◉○◉●　◉●○○●○●　●◉○

颇好，旧恨堪销，壶漏尽、侬待整帆行矣。　从今梳
◉●　◉●○○　○●●　◉●◉○◉●　◉○○

洗罢，收拾筝箫，匀出工夫学书字。鸩鸟倘欺鸾，第一
●●　◉●○○　◉●○○●○●　◉●●○○　●●

难防，须嘱咐、莺媒回避。只此际、萧郎放心行，向水
○○　○●●　◉○◉●　●◉●　○○●○○　●◉

驿寻灯，山程倚辔。
●○○　◉○●●

---

① 语分见谭献《復堂日记》及《箧中词》。

虞美人

纱窗暝色低迷绿，犹未传银烛。暮寒瑟瑟镜台边，玉钏微闻应是换吴棉。　　金炉香篆愔愔坠，新月窥人坐。湘簾放下悄含颦，生怕梨花和月射啼痕。

◇暮寒：一作“春寒”。镜台边：一作“晚来添”。吴绵：一作“吴棉”。坠：一作“堕”。

临江仙

酒渴思茶交午夜，沉烟闲拨钗梁。玉梅花合自添香。敲诗浑已嬾，况叠缕金裳。　　才把梦儿牢捉住，无端又着思量。十分情愿是回肠。欲抛抛不得，明镜冻飞霜。

◇午夜：一作“午饭”。玉梅：一作“小梅”。花合：一作“花盒”。自添香：一作“教添香”。嬾：同“懒”。明镜冻飞霜：一作“攲枕数鸳鸯”。

水调歌头（风雨竟昼，检视败簏中岩江宋先生遗墨，满眼凄然）

风雨飒然至，竟日作清寒。我思芳草不见，忽忽感年华。忆昔追随日久，镇把心魂相守，灯火四更天。高唱夜乌起，当作古人看。　　一枝榻，一炉茗，宛当前。几声草草休送，万古遂茫然。仙字蟫饥不食，故纸蝇钻不出，陈蹟太辛酸。一掬大招泪，洒向暮云间。

◇镇：一作“正”。陈蹟：一作“陈迹”；蹟，同“迹”。

浪淘沙（书愿）

云外起朱楼，缥缈清幽，笛声叫破五湖秋。整我图书三万轴，同上兰舟。　　镜槛与香篝，雅淡温柔。替侬好好上簾钩。湖水湖风凉不管，看汝梳头。

◇雅淡：一作“雅憺”。

浣溪沙

凤胫镫高花粟圆，寻思脉脉未成眠，攲鬟沉坐溜犀钿。　　一镫梅花红似酒，半庭落月暖于烟，春宵原是女郎天。

◇镫：一作“灯”。花粟圆：一作“香篆寒”。溜犀钿：原文“溜犀钿”，“溜”误径改。一镫：一作“一帧”。落月：一作“春月”。

十　蒋春霖

蒋春霖，字鹿潭，江阴人。咸丰中，官淮南盐官。著有《水云楼词》二卷。

李冰叔序云：“君为诗恢雄骯髒，若《东淘杂诗》二十首，不减少陵秦州之作。乃易其工力为长短句，镂情刿恨，转豪于珠黍之间，直而致，沉而姚，曼而不靡。”①

谭復堂云：“文字无大小，必有正变，必有家数。《水云楼词》固清商变徵之声，而流别甚正，家数颇大，与成容若、项莲生，二百年中，分鼎三足。咸丰兵事，天挺此才，为倚声家杜老，而晚唐两宋，一唱三叹之意，则已微矣。或曰：‘何以与成、项并论？’应之曰：‘阮亭、葆酚一流，为人才之

① 语见李肇增（字冰叔）《水云楼词序》。

词；宛邻、止庵一派，为学人之词。惟三家是词人之词，与朱、历同工异曲；其他则旁流羽翼而已。”①

南浦（春草）

绿意隐汀沙，雪痕消、又润村村酥雨。山晓睡容苏，

◉●●○○ ●◉○ ◉●◉○○● ◉●●○○

斜阳外、深浅青无数。飞飞胡蝶，荒庭也是春来处。千

○○● ◉●●○● ◉○○● ◉○◉●○○● ◉

里相思谁种出，搀了二分尘土。 年年空怨裙腰，甚

●○○○●● ◉●●○○● ◉○○●○○ ●

愁根欲划、东风未许。接岸绿波平，销魂事、第一送君

◉○◉● ◉○◉● ◉●●○○ ◉○● ◉●◉○

南浦。莺啼几度。凭高不见天涯路。陌上闲华开落后，

○● ◉○◉● ◉○◉●○○● ◉●○○○●●

多少马蹄归去。

◉○●○○●

◇睡容苏：一作“睡容酥”，“酥”应误。无数：一作“无重数”。胡蝶：一作“蝴蝶”。莺啼：原作“鸎啼”，“鸎”误径改。华：一作“花”。

踏莎行（癸丑三月赋）

叠砌苔深，遮窗松密。无人小院纤尘隔。斜阳双燕欲归来，卷簾错放杨花入。 蝶怨香迟，莺嫌语涩。老红吹尽春无力。东风一夜转平芜，可怜愁满江南北。

◇叠：一作“迭”。莺嫌语涩：“莺”原作“鸎”，径改。

① 语见谭献《復堂词话》。

木兰花慢（江行晚过北固山）

泊秦淮雨霁，又镫火、送归船。正树拥云昏，星垂野阔，暝色浮天。芦边夜潮骤起，晕波心、月影盪江圆。梦醒谁歌楚些，冷冷霜激哀絃。　婵娟。不语对愁眠。往事恨难捐。看莽莽南徐，苍苍北固，如此山川。钩连更无铁锁，任排空、樯艣自回旋。寂寞鱼龙睡稳，伤心付与秋烟。

◇浮天：原作“洋天”，“洋”应误，径改。盪：同“荡”。谁歌：一作“谁人”。樯艣：一作“樯橹”；艣，同“橹”。

浪淘沙

云气压虚阑，青失遥山，雨丝风片一番番。上巳清明都过了，只是春寒。　华发已无端，何况花残？飞来蝴蝶又成团。明日朱楼人睡起，莫卷簾看。

◇风片：一作“风絮”。

虞美人

水晶簾卷澄浓雾，夜静凉生树。病来身似瘦梧桐。觉道一枝一叶怕秋风。　银潢何日销兵气，剑指寒星碎。遥凭南斗望京华。忘却满身清露在天涯。

十一　郭　麐

郭麐，字祥伯，号频伽，吴江人。著有《蘅梦词》二卷，

《浮眉词》二卷，《忏馀绮语》二卷，《爨馀词》一卷。

陈鸿寿云：“频伽少习倚声，长娴诗教，走马礅碻塞上，沽酒乌丸城边，回肠盪（荡）气，摇曳情灵。既而端忧多暇，杂以变徵，盖蓄隐而意愉，实怀愁而慕怨也。”[1]

谭復堂云：“南宋词屑〔敝〕，敝〔琐〕屑饾饤。朱、厉二家，学之者流为寒乞。枚菴高朗，频伽清疏，浙派为之一变。而郭词则疏俊，少年尤喜之。予初事倚声，颇以频伽名隽，乐于风咏。继而微窥柔厚之旨，乃觉频伽之薄；又以词尚深涩，而频伽滑矣，后来辨之。”[2]

阑干万里心（自题浮眉楼图）

濛濛丝柳不藏秋，隐隐疏簾半上钩。见说年年爱远
◉○◉●●○○　○●○○◉●○　●●◉○◉●
游，一重楼，两点眉山相对愁。
○　●○○　◉●○○◉●○

台城路（同严文历亭游舒氏园作）

薄阴不散霜飞早，园林深贮秋意。水木清苍，陂陀高下，澹与暮云无际。红泥亭子。占一角孤城，七分烟水。最爱疏疏，竹竿万个滴寒翠。　　年来俊侣都散，便登山临水，只恁蕉萃。倦柳攀条，清流照鬓，暗老悲秋身世。荒寒如此。又画角声中，夕阳垂地。树树西风，

① 语见《清名家词·灵芬馆词》陈鸿寿序。

② 语见谭献《復堂词话》。“南宋词屑，敝屑饾饤”，当作“南宋词敝，琐屑饾饤”。

暮雅寒不起。

◇蕉萃：同“憔悴”。雅，通“鸦”，一作“鸦”。

卖花声

秋水澹盈盈，秋雨初晴。月华洗出太分明。照见旧时人立处，曲曲围屏。　风露浩无声，衣薄凉生。与谁人说此时情。簾幙几重窗几扇，说也零星。

疏影（烛泪）

珠啼玉泣。向画筵深夜，相对愁绝。今世红红，宿世虫虫，生平最惜离别。风簾露席随升降，判滴满、烂银荷叶。算苦心、未是灰时，肯怕界浅红颊。　便与纱笼护取，也应护不到，将炧时节。苦忆高楼，网户曈昽，照见粉痕明灭。罗襦低解闻芗泽，有谁问、阶前堆积。只凄然、拥髻人人，愁涴石榴裙褶。

◇界浅：一作“界残”。

高阳台

（将反魏塘，疏香女子亦以次日归吴下，置酒话别，离怀惘惘。）

暗水通潮，痴云阁雨，微阴不数重城。留得枯荷，奈他先作离声。清歌欲遏行云住，露春纤、并坐调笙。莫多情，第一难忘，席上轻盈。　天涯我是飘零惯，任飞花无定，相送人行。见说兰舟，明朝也泊长亭。门前记取垂杨树，只藏他、三两秋莺。一程程、愁水愁风，不要人听。

◇暗水：一作“暗水”，“暗”应误。痴云：一作“痴岚”。轻盈：一作“轻轻”。另，“莫多情，第一难忘，席上轻盈”，一作“暗伤情、忍把离尊，和泪同倾”。秋莺：原作“秋鹦”，“鹦”误径改。

十二　吴　藻

女士吴藻，字蘋香，浙江仁和人。著有《花簾词》二卷，《香南雪北词》二卷。

蘋香父与夫，皆业贾，两家无一读书者；而独能以词名世，殆夙根也。蘋香词虽不脱浙派科臼，而有草窗之秀、玉田之润。《香南》一集，首首可诵，清空一气，非若浮眉楼之芜杂。同时如赵秋舲之《香消酒醒词》，名与吴并，面目亦近，实则流于剽滑，不如蘋香之犹不失规矩也。

卜算子

一幅小簾栊，四面明窗格，屋里莺花门外山，忙了
◉●●○○　◉●○○●　◉●○○◉●○　◉●

春风笔。　薄雾笼轻阴，细雨催寒食。独上湖楼看六
○○●　◉●●○○　◉●○○●　◉●○○◉●

桥，杨柳无人碧。
●　◉●◉○●

恋绣衾（题画扇写闷，寻鹦鹉说无聊诗意）

东风杨柳花外拖，好池台，斜阳未矬。悄不见、惊
◉○◉●○●○　●○○　◉●●○　◉◉●　○

鸿影，是谁来、调弄翠哥？　玉笼小啄双红豆，问相
○●　●○○　●◉●○　◉○◉●○○●　●○

思、心内几多？陇山远、蓬山隔，说无聊、都唤奈何。
○　◉●●○　◉◉●　○○●　●○○　◉●●○

◇未矬：有作“未锉”者，应误。

前　调

一春风雨难放晴，倩谁描、帖子丙丁。捲不起，簾衣重，蝶销魂、花太瘦生。　　韶华百五无佳日，误箫声、深巷卖饧。西湖约，何时准？翠衫儿，叠皱四停。

酷相思

一样黄昏深院宇。一样有、笺愁句。又一样、秋镫和梦煮。昨夜也、潇潇雨，今夜也、潇潇雨。　　滴到天明还不住。只少种、芭蕉树。问几个、凉蛩阶下语。窗外也、声声絮，墙外也、声声絮。

苏幕遮

曲阑干，深院宇，依旧春来，依旧春来去。一片残红无着处，绿遍天涯，绿遍天涯树。　　柳花飞，萍叶聚，梅子黄时，梅子黄时雨。小令翻香词太絮，句句愁人，句句愁人句。

蝶恋花

快剪并刀风又急，不卷珠簾，重把罗衫叠。湖上楼台春水拍，杏花何处人吹笛。　　万树垂杨和雨织，第一桥连，第六桥头碧。有约踏青无好日，明朝况是逢寒食。

◇无好日：一作“无限好”。

十三　王鹏运

王鹏运，字幼霞，号半塘，又号鹜翁，广西临桂人。同治十三年由举人到阁，官至礼科给事。著有《哀墨词》《虫秋集》。

谭復堂云：“《哀墨词》千辟万灌，几无炉锤之迹，一时无两。”①

缪荃孙《宋元三十一家词序》：“吾友王子佑遐，明月入抱，惠风在襟，孕幽想夫流黄，激凉吹于空碧。古怀落落，雅讵类于虎贲；绮语玲玲，蝶不堕于马腹。”

按：半塘词取迳于《珠玉》《六一》，雄深苍稳，又雅近辛、刘。晚清词家气体之高，此为第一。

巫山一段云

秋色吴生画，溪声贺若琴，点尘不到碧山深，诗意
◉●○○●　○○●●○　◉○◉●●○○　◉●
淡相寻。　兴往休怀古，愁多莫论今，闭门寒月照疏
●○○　◉●○○●　●○●●○　◉○◉◉●○
襟，身世老书淫。
○　◉●●○○

太常引

萧疏短发不禁搔，归梦楚天遥。饮酒读离骚，问名
◉○◉●●○○　◉●●○○　◉●●○○　◉◉

---

① 语见谭献《復堂词话》。

士、何时价高。　　可堪摇落，闲身如叶，风色满亭皋。
● ○○●○　◉○○●　◉○○●　◉●●○○

魂断倩谁招？记醉踏、杨花谢桥。
◉●●○○　◉◉●　○○●○

前　调

秋怀得酒涌如潮，心事付蓬飘。月落雁群高，乱峡影、星河动摇。　　商声夜起，断云北望，梁燕乍离巢。魂已不禁消。休更说、消魂灞桥。

人月圆

烟尘满目兰成赋，休唱忆江南。昏昏海日，金台重上，泪点青衫。　　西山一角，向人如笑，寥落何堪。不如归去，生涯白水，家世黄柑。

更漏子

绣簾低，烟穗直，寂寞画屏秋夕。榆塞远，雁书回，始终情费猜。　　酒边吟，灯下课，闲梦新来慵作。弓样月，两头纤，归期九月三。

卜算子

梦里半塘秋，断壁迷烟柳。诗意空明指似谁，鸥外凉蟾透。　　愁向酒边新，拙是年时旧。话到江湖白发心，猿鹤惊人瘦。

◇鸥外：多作“沤外”。

十四　王国维

王国维，字静安，浙江海宁人。著有《人间词甲乙稿》。

静安，学人也，考订甲文，功在史乘。馀事为词，体格高峻，宜有睥睨一世之意。惜以不善处世，矛盾自攻，忧郁困厄，卒致投海而死，可哀也已！

《人间词》二卷，皆有山阴樊志厚序。《甲稿序》云："君之于词，于五代喜李后主、冯正中，于北宋喜永叔、子瞻、少游、美成，于南宋除稼轩、白石外，所嗜盖鲜矣。尤痛诋梦窗、玉田，谓梦窗砌字，玉田垒句，一彫琢，一敷衍，其病不同，而同归于浅薄，六百年来词之不振，实自此始。其持论如此。及读君自所为词，则诚往复幽咽，动摇人心，快而沉，直而能曲，不屑屑于言词之末，而名句间出，往往度越前人。至其言近而指远，意决而词婉，自永叔以后，未有工如君者也。君始为词时，亦不自意其至此，而卒至此者，天也，非人之所能为也。"

又《乙稿序》云："文学之工不工，亦视其意境之有无，与其深浅而已。夫古今人词之以意胜者，莫若欧阳公；以境胜者，莫若秦少游。至意、境两浑，则唯太白、后主、中正数人足以当之。静安之词，大抵意深于欧，而境次于秦。至其合作，如《浣溪沙》之'天末同云'，《蝶恋花》之'昨夜梦中''百尺朱楼'等阕，皆意境两忘，物我一体，高蹈乎八荒之表，而抗心于千秋之间。此固君所得于天者独厚，抑岂非致力于意境之效也？"

凡此，皆能道出王词佳处。或言樊君之名，未见于近代文坛，疑为乌有先生之流，而二序固静安自撰；不然，言之不能如是深切也。

少年游

垂杨门外，疏灯影里，上马帽簷斜。紫陌霜浓，青
◉○◉● ◉○◉● ◉●●○○ ◉●○○ ◉
松月冷，炬火散林鸦。　酒醒起看，西窗上、翠竹影
○◉● ◉●●○○ ◉○◉● ○○● ◉●●
交加。跌宕歌词，纵横书卷，不与遣年华。
○○ ◉●○○ ◉○◉● ◉●●○○

◇归来惊看：一作“酒醒起看”。

蝶恋花

阅尽天涯离别苦，不道归来，零落花如许。花底相看无一语，绿窗春与天俱莫。　待把相思灯下诉，一缕新欢，旧恨千千缕。最是人间留不住，朱颜辞镜花辞树。

◇绿窗：原作“录窗”，应误，径改。俱莫：一作“俱暮”。

阮郎归

女贞花白草迷离，江南梅雨时。阴阴簾幙万家垂。穿簾双燕飞。　朱阁外，碧窗西。行人一舸归。清溪转处柳阴低。当窗人画眉。

◇阴阴簾幙万家垂。穿簾双燕飞：原文句读作“阴阴簾幙万家，垂穿簾双燕飞”，未确，参词谱径改。

浣溪沙

天末同云黯四垂，失行孤雁逆风飞。江南寥落尔安归？　　陌上挟丸公子笑，座中调醢丽人嬉。今宵欢宴胜平时。

◇同云：一作“彤云”。“陌上挟丸公子笑，座中调醢丽人嬉”两句：一作“陌上金丸看落羽，闺中素手试调醢”。今宵：一作“今朝”。

蝶恋花

昨夜梦中多少恨。细马香车，两两行相近。对面似怜人瘦损，众中不惜搴帷问。　　陌上轻雷听渐隐。梦里难从，觉后那堪讯？蜡泪窗前堆一寸，人间只有相思分。

◇听渐隐：一作“听隐辚”。

浣溪沙

六郡良家最少年，戎装骏马照山川。闲抛金弹落飞鸢。　　何处高楼无可醉，谁家红袖不相怜？人间那信有华颠。

蝶恋花

百尺朱楼临大道，楼外轻雷，不间昏和晓。独倚阑干人窈窕，闲中数尽行人小。　　一霎车尘生树杪，陌上楼头，都向尘中老。薄晚西风吹雨到，明朝又是伤流潦。

◇行人小：一作“行人老”。

踏莎行

绝顶无云，昨宵有雨，我来此地闻天语。疎钟暝直乱峰回，孤僧晓度寒溪去。　　是处青山，前生俦侣，招邀尽入闲庭户。朝朝含笑复含颦，人间相媚争如许。

十五　朱祖谋

朱祖谋，字古微，浙江归安人。官侍郎。著有《彊村词》四卷，又校刊宋人词集《彊村丛书》若干卷。

彊村词雷霆万钧，冰雪一片，功力之深，已臻极地，可谓前无古人。光绪拳匪之乱，公困危城中，与王半塘、刘伯崇合撰《庚子秋词》二卷，皆小令。辛丑以后，词境日趋于浑，气息亦益静，《彊村语业》中所选，首首精警。

半塘云：“自世之人知学梦窗，知尊梦窗，皆所谓‘但学兰亭面’者；六百年来，得真髓者，非公更有谁耶？”[①]

烛影摇红（晚春过黄公度人境庐话旧）

春暝钩簾，柳条西北轻云蔽。博劳千啭不成晴，烟
◉●○○　◉○◉●○○●　◉○◉●●○○　◉
约游丝坠。狼藉繁樱刬地。傍楼阴、东风又起。千红沉
●○○●　◉●○○●●　●○○　○○●●　◉○○
损，鹎鵊声中，残阳谁系？　　容易销凝，楚兰多少伤
●　◉●○○　◉○○●　　◉●○○　◉○◉●○

---

① 语见王鹏运（中年自号半塘老人）《彊村词原序》。

心事。等闲寻到酒边来，滴滴沧洲泪。袖手危阑独倚。

○●　◉○◉●●○○　◉●○○●　◉●○○●●

翠蓬翻、冥冥海气。鱼龙风恶，半折芳馨，愁心难寄。

●○○　○○●●　◉○○●　◉●○○　◉○○●

◇销凝：一作“消凝”。

浣溪沙

独鸟冲波去意闲，瓌霞如赭水如笺。为谁无尽写江天。　并舫风絃弹月上，当窗山髻挽云还。独经行地未荒寒。

◇瓌霞：原作“坏霞”，误。经行地：一作“经行处”。载云还：一作“挽云还”。

前　调

翠阜红厓夹岸迎，阻风滋味暂时生。水窗官烛泪纵横。　禅悦新耽如有会，酒悲突起总无名。长川孤月向谁明？

阮郎归

水墟花濑上彊村，双溪溜竹分。鬓丝供得十年尘，飞泉清角巾。　拕瘦策，理空纶，重寻钓石温。年年含笑待归人，春山清净身。

◇拕：一作“拖”。

前　调

松风夹径响鸣篌，溪云相后先。丁丁啄木似哀絃。

居人方掩关。　　罗带水，玉屏山，谁家好墓田。野花香绣翠微边，春樵红一肩。

清商怨

琤琤凉叶下似雨。飐岸镫三五。怨动西风，昏鸦相尔汝。　　轻桡芙蓉别浦。阿那边、画桥朱户。禁断情尘，攏蓬中夜语。

木兰花

华灯添酒西楼别，酒醒天涯闻语鴂。晓簾隔泪数残葩，夜镜和愁遮满月。　　相思画字篝尘灭，缄恨玉珰终不达。一春孤馆雨留人，憔悴东风无处说。

◇玉珰：原作“玉铛”，“铛”误。无可说：一作“无处说”。

十六　其余诸家

清人词，除以上诸家外，更录彭孙遹、周济、赵庆禧、蒋敦复、郑文焯、樊增祥、况周颐等各一二首。

生查子　彭孙遹

薄醉不成乡，转觉春寒重。鸳枕有谁同？夜夜和愁共。　　梦好却如真，事往翻如梦。起立悄无言，残月生西弄。

◇鸳枕：一作“枕席”。却如真：一作“恰如真”。

蝶恋花　周济

柳絮年年三月暮，断送鹦花，十里湖边路。万转千回无落处，随侬只恁低低去。　满眼颓垣欹病树，纵有馀英，不值封姨妒。烟里黄沙遮不住，河流日夜东南去。

◇莺花：原作“鹦花”，“鹦”应误。封姨：一作“风姨”。

苏幕遮　赵庆禧

雨声多，梧叶坠，点点相思，点点相思泪。贫里相如秋更累，得酒偏难，得酒偏难醉。　鼓三通，灯一穗，入夜还愁，入夜还愁睡。四壁寒虫心叫碎，梦也全无，梦也全无谓。

生查子　赵庆禧

清溪几尺长，中有双枝舻。杨柳小于人，便解留船住。　秋声按暮云，酒气蒸香雾。又落碧桃花，红了来时路。

◇双枝舻：一作“双枝橹”。秋声：一作“歌声”。

阮郎归　蒋敦复

玉骢人去画楼西，天涯芳草低。落花情愿作香泥，但随郎马蹄。　新燕语，旧莺啼，小园蝴蝶飞。春风昨夜解罗帏，今朝裙带吹。

湘月（坏塔山塘秋集分题）　郑文焯

夜铃语断，更斜阳瘦影，谁问今古。独立苍茫，镇占老、一角青山无主。衰草丛生，枯枫倒出，时见归禽度。残烽零劫，仗他半壁支拄。　长见峭倚荒天，凄凉如笔，写愁边风雨。不许登临，怕倦客、题徧伤心秋句。卧影空丘，招魂破寺，賸有孤云驻。梦痕飞上，故王台榭何处。

◇此词副题，一作“山塘秋集分题得坏塔”。

千秋岁引　樊增祥

绿波南浦，一段消魂赋，怕见江南合欢树。梨花影
◉○○●　◉●○○●　◉●○○●○●　◉○●
似娉婷女，娉婷泪似梨花雨。曲栏干，深院宇，愁来路。
●○○●　●○◉●○○●　●○○　○●●　○○●
妾自傍、鸳鸯湖畔住，郎自向、凤凰山畔去，试问
◉●●　○○○●●　◉●●　○○○●●　◉●
银河几时渡？有情总被无情负，负情悔被多情误。欲往
○○●○●　◉○◉●○○●　◉○◉●○○●　●●
诉，休往诉，天怜汝。
●　○●●　○○●

◇消魂：一作“销魂”。合欢树：一作“念欢树”，“念”应误。曲栏干：一作“曲阑干”。诉：一作“愬”。

前调　樊增祥

蓬山青鸟，枉寄相思字，劳燕东西等闲事。侬情深似桃花水，郎情薄似桃花纸。白头吟，秋扇赋，休相拟。

了不羡、朱翁他日贵，更不望、连波今日悔，身似井桐别秋蒂。玉环领略夫妻味，双文通达夫妻例。笑不是，啼不是，难为计。

浣溪沙 况周颐

重到长安景不殊，伤心料理旧琴书。自然伤感强欢娱。　　十二迴阑凭欲遍，海棠浑似故人姝。海棠知我断肠无？

◇况周颐，原名“况周仪”，因避宣统帝溥仪讳而改“颐”。

附　红梵精舍词

顾宪融

少年游

杜鹃啼血渐成喑，白日去骎骎。暗水漂花，空梁坠羽，重觅少年心。　　层楼翻恨无风雨，蛮榼滞孤斟。狼藉春光，观空一笑，暮色动遥岑。

小重山

高髻当门耐晚凉，一双筝雁小，傍伊行。湘兰媚绝楚云狂。金樽底，重与讯残妆。　　密径暗尘香。临邛归计左，悄商量。含嚬指点远山长。谁家瓦，今夕有微霜。

生查子（索友人一片石，劚为小章，书此一笑）

平生不善书，诗在芭蕉树。淡墨不曾留，何况绸缪语。　伊谁割紫云，中有横波缕。乞取一分红，凿出愁凭据。

木兰花

飞花白日春如海，暮雨相思愁似洒。逢君烟柳不成妆，别去风梲犹共载。　　怀中密札香应在，镜里朱颜那便改。还持明月照君心，只恐君心痴未解。

更漏子

玉绳攲，兰穗直，长记比肩凉夕。抛绣枕，捲罗衣，单棲未耐棲。　　月离弦，春过翼，寒暖自家将息。江上柳，别情牵，初三下水船。

蝶恋花

才得春归春又至，撩乱游丝，苦抱轻红坠。百转千回无可避，重添一页伤心史。　　难道聪明成祸水，翻怪仙蟫，不蚀菩提字。负尽今生拚已矣，今生只当前生事。

前　调

雨雨风风三月尾，为问东皇，可识人间味？况是江南莺燕地，春愁日夜如潮沸。　　树底残红襟上泪，泪眼观空，痴绝登楼意。一霎明知无过未，不教留恋仍无计。

鹧鸪天

静夜薰下香翠帷，闲愁叠叠强支持。境空常有糢糊月，风定犹飘宛转丝。　　春去也，梦回时，一波又起是相思。鸳鸯被冷银灯热，此病年年只自知。

◇薰下香翠帷：或作“薰香下翠帷”。

金缕曲

此地重来又。像人生、一湖春水，几多平皱。暂洗江南儿女泪，赢得欢情休负。正不雨、微云时候。似旧画船人似玉，细思量，我亦糢糊透。鸥与鹭，漫根究。

登临乍觉吟怀瘦。更相携、一番吟望，一番僝僽。我是斜阳君是水，渠是垂垂烟柳，只合把、心魂厮守。直待西风吹梦冷，賸浓霜、满镜还消受。持此意，付杯酒。

◇糢糊：一作“模糊”。

蝶恋花（刼后归海上遇友人，因订故里看桃之约）

不道春来还见汝，刼后眉痕，写出愁凭据。一例飘零风转絮，人间那得长相聚。　重剔银缸温旧句，后约家山，漫把芳时误。绕屋桃花千万树，花神待汝商晴雨。

◇刼后：一作“劫后”；刼，同“劫”。

红梵词

民国·顾佛影

题顾佛影侄《红梵词》 顾冰一

词人老去吟红豆，（芷卿伯祖以“红豆”句得名，佛影为伯祖之曾孙。）又喜文翎试凤雏。

为诵当年工部句，汝身已见唾成珠。

题《红梵词》 许醉侯

九曲珠心一缕随，春蚕织茧茧成丝。

泥犁马腹宁辞劫，旧梦零星写已痴。

题《红梵词》 张恂子

练裙百幅界红丝，玉怨花啼到处痴。

已是薄魂销不起，珠喉犹唱顾家词。

空山法雨洗铅华，不逐纤儿戏狭邪。

只恐仙人来丈室，袈裟容易著天花。

题《红梵词》 谢林风

灵气巃嵸郁未开，鲛人有泪月初胎。

女儿冰雪聪明语，都到诗人腕底来。

雾北香南底处寻，玉纤飞怨上瑶琴。

读《骚》饮酒寻常事，敛抑狂心拜玉岑。

（君论词，推吴蘋香为清朝闺秀第一。玉岑，蘋香自号也。）

琐寒窗·题红梵词　陈翠娜

辽海黄龙，江天杜鹃，壮怀都左。末路文章，寄到茂陵眉妩。袅秋魂，琴絃自凄，泪痕一尺桃花雨。是香草《离骚》，铜驼荆棘，佳人迟暮。　　庭户。愁来处，问几树垂杨，尚馀飞絮。禅心绮习，浓艳竟看如许。料凄凉吹瘦玉箫，任人听作消魂语。漫付他商女无愁，唱到隔江去。

绮罗香·再题《红梵词》　前人

骑蝶花天，盟鸥萍海，梦影被春粘住。卅六屏山，多在情天深处。漫打点诗意禅心，商略到髩云眉妩。蓦东风，吹起春潮，漫天咳唾下珠雨。　　秋心何必重数，一寸才华，例受一分凄楚。泪点依稀，圈满断肠诗句。料渊明无限高怀，聊付与闲情一赋。也胜他、头白关河，西山闲射虎。

◇髩云：一作“鬓云”。髩，同“鬓”。

凤凰台上忆吹箫（寄鸿范杭州）

绿草西湖，豆红南国，懵腾两度春残。记郁金堂畔，打桨人还。挥手江天如梦，盈盈处、小袖云蓝。平生愿，银河双稳，壁月双圆。　　悭悭。锦鱼风急，千万字相思，寄也徒然。只丁宁珍重，劝道加餐。有日桑麻鸡犬，更携取、眷属神仙。同消受烟波画船，竹石林泉。

◇壁月：当作“璧月”。

长相思

风满栏，雨满栏。一树残花啼杜鹃，不啼难上难。情绵绵，意绵绵。梦里行云去那边，小屏山外山。

疏簾淡月

（丁巳八月初四，余二十初度，桐露乍零，桂香欲引，怀人顾影，百感纷集。遥想胥潮回处，汽笛鸣时，定有人斜倚红楼，爇一瓣香为侬祝嘏也。赋此寄之。）

簾儿疏处。笑天亦悬弧，蟾牙乍吐。弹指年华，还被西风吹误。香名未饮琴心住，数兰因几分悽楚。床头拊剑，烛边掩泪，雁声如雨。　　叹何日双棲云渚。围棋赌胜，綵丝分缕。酒饵茶糕，付与粉荑亲署。只今旅梦多萧索，苦难寻枫江桑墅。傒稀见否，花阴罗袜，瓣香初炷。

眼儿媚（题画屏秋思图）

轻簾半截上钩才，蕉叶响瑶阶。屏山当面，阑干背后，人自天涯。　支颐何事恹恹甚，玉腕懒慵抬。雁儿消息，梦儿凭据，一地胡猜。

蝶恋花（初过浒关）

一角情天娲笑补。打叠眉弯，拦住愁来路。奇福是天私付与，分明苦尽甘来处。　蓦见倾鬟前又竚。低涩乡音，坐並兰肩絮。约种柔蓝三万树，青裙缟袂消魂汝。

慧舌犀心都已许。妙曼言诠，合是《庄》《骚》註。朱鸟窗前花半舞，含羞听到寒暄语。　抛我流光容易去。去岁来时，钿约悤悤误。辛苦今番须记取，横波盼断斜阳路。

◇悤：同“匆”。

台城路（再过浒关）

村溪不分流红早，遊骢再番来系。麦荠新塍，桑楸旧径，换了桂花天气。屏山纵蔽，想牡蛎墙头，伈伊凝睇。渐近珠窗，楼心缥渺篆烟细。　频年雁邮忙递，笑司阍奴熟，讶侬名字。犬雅宜驯，鹤娴能舞，漫道蓬山云袐。玆遊堪记。总别后思量，见时惊喜。今夜归鞍，梦魂何处避?

浣溪纱

蛎壳窗寒镜阁虚。浅吟侧醉总怜渠。罗衫红凝泪模糊。 斑管修箫闲谱令,冰纹炙砚夜临书。回文消息近何如?

彩凤裙飞误晓霞。四禅天远碧云遮。屏风录曲梦些些。 卯酒魂销蝴蝶县,丁簾春盎牡丹衙。小词新选浣溪纱。

水调歌头

买得七香组,只是绣婵娟。兰因麝果多少,拨起旧情禅。花满茶樯酒幔,月满江桥水栅,便欲刺吴船。暝色拂鹅影,灯火凤城偏。 山水癖,儿女福,侭缠绵。前尘草草三载,纸帐梦魂牵。好趁桑津蚕月,待把苏船米舫,仙眷画图添。且嘱青鸾去,佳约莫轻传。

浣溪纱

花压簾栊酒满壶。斜风小院半人无。纱衣天气雁儿疏。 种出绿杨低似柳,结成红豆小于珠。薄魂销尽病相如。

高阳台

（淑群由家赴校，道出梁溪，以手制鹅油糕见馈，作此谢之）

綵缕绳鬆，银疆匣紧，红酥细透春香。药裹文箫，问谁携与琼浆。殷勤如玉煎茶手，料呵寒一晌忽忙。要安排渴病文园，馋病刘郎。　　食单亲检翻新制，道调脂糁粉，总费商量。巧样玲珑，可怜红比斜阳。天涯难辨愁滋味，盼云厨甘苦同尝。甚时间双劝霞觞，共醉柔乡。

◇忽忙：同“匆忙”。

洞仙歌

峭寒几日，滞天涯行色。钿约劳伊苦相忆。怕鬘天劫换，鸩鸟欺鸾，还寄与、一筒梅花消息。　　姑苏城外住，梦醒江枫，重画旗亭酒家壁。倚枕忏飘零，碧海青天，这艳约怎时圆得？只灯火、楼心预先寻，试招取离魂，小屏风侧。

到门嘶骑，乍鸳衾寒破。明月怀中霎时堕。道相逢蓦地，乍见翻疑，却不信、昨夜梦儿真个。　　笑啼浑不惯，小握柔荑，扶入云房並肩可。方寸小韦囊，替整归装，还几度询侬劳么。更搜索、柔肠话寒暄，只阵阵销魂，口脂风过。

瑶台凤侣，是人天佳偶。携酒园林此番又。向朱栏照水，翠槛眠云，消受那、劫后莺花梅柳。　　沉香亭上坐，欲借丹青，画取鸳鸯永厮守。未忍拂郎心，半晌迟疑，终究是赖伊点首。只软语、叮咛要珍藏，怕春水池塘，又教吹皱。

将离花发，怅空桑三宿。自写蛮笺已盈幅。替虞姬作传，谢女钞诗，只博得、巾帼才人输服。　　翠樽劳苦劝，一叠阳关，乐谱新翻断肠曲。愿化作菱花，长伴妆台，侭消受眼缘眉福。怕别后、相思没人知，拚醉倒罗帏，尽情歌哭。

高阳台（题雏伶黄翠芳演《少华山》剧，为朱大可作）

莺舌能圆，蟾眉解逗，十三蹙锦韶华。小朵痴云，何心绿到天涯。筝边世界懵腾里，况梨园一剪柔怀。爇香氍，点点银星，逼吐琼花。　　芙蓉帐外春魂冶。怎东风薄倖，吹老胡麻。搓粉光阴，自怜还自怜他。金炉永夜同呵手，恨灵娲牒谱参差。最消凝、朱十风流，倚醉红莎。

卖花声（端阳）

池柳倦拖黄，低护鱼仓。粉绵吹尽暗萍香。燕子多愁莺又病，没个商量。　　楼馆昼初长，蜂影敲窗。生涯忙煞小蚕娘。梅子大酸桑太薄，无奈端阳。

南楼令

巧样小霜纨。晴峰千万攒。试毵毫玉镜台宽。仙寺松阴留一径，待明月，照归鞍。　　离绪惹无端。团绡自写看。怨银床鸳梦清寒。莫道今宵闲半刻，闲不过，是阑干。

临江仙

春送送春人去后，苔痕绿上迴廊。绕廊竹子近潇湘。窥人廊外月，犹盼雪衣娘。　　惆怅裙红窗六扇，为谁掩过昏黄？书签针匣耐思量。横波留一寸，不管断人肠。

满江红（兰陵寓次作）

灯火层城，烟树外我来何突。偿不尽诗逋酒负，情场风物。客里吟怀如水嫩，晚来醉靥思花渴。想眉痕、应有几分同，窥檐月。　　消不尽，相如渴。归梦杳，梵音歇。賸河山容我，苦寻生活。玉雪修成才子妇，缃桃妒煞东君妾。只鸳衾、一样怯春寒，宵来魇。

南歌子

烟雨春将息，园亭客倦迷。邻家胡蝶也双飞。欲买今宵好梦贱如泥。　　影事翻新曲，私衷托乐词。庭前开遍野蔷薇。便是不成怜爱也思伊。

浣溪纱

柳抱湖楼倚碧虚。看山合与可人俱。墨罗裙幅敛还舒。　旅记三宵劳擘画，邮笺一载费临摹。恁般字迹肖郎无？

丝雨丝风抹画檐。银灯如雪夜厌厌。笑啼无计讳双尖。　角枕温存花朵一，臂纱疼惜豆痕三。十分幽语被池缄。

钓船笛

玫脸暗凉侵，风咽语香如雾。坐近湘妃榻子，背小年词赋。　窥人月子未曾圆，替把流光数。闲过枇杷时节，又十三四五。

多丽（己未春暮过白鹤江有晤）

小江村，粉墙络满红蘅。柳丝边兽环静掩，降阶乍识飞琼。话乡间新踪共寄，传名姓旧迹犹萦。烟絮迷离，风灯历乱，少年羁旅此时情。莫不是天寒翠袖，一例也飘零。空惆怅，荒溪有鹤，孤馆无莺。　记年时蓉娘语我，读书曾共深更。捲湘簾清吟摊卷，挑银烛幽怨调筝。爱国芳心，拿云奇气，河山纤手许同撑。怎禁得、相逢此地，疑梦复疑醒。还留待，画眉归去，共话前盟。

◇撑：同“撑”。

行香子

春水归船，香雪征袍。又悤悤节过樱桃。相逢一笑，莫负今宵。话匡庐烟，潇湘雨，广陵潮。　　半堕鸦髻，半颤兰翘，嫩光阴薄茗初浇。离愁一点，何处轻抛？在绣床肩，银烛背，画簾腰。

消息（电话）

纵隔红墙，能传碧落，蓬山非远。响到鸾铃，移来凤屧，耳鬓厮磨惯。小糢糊处，迴身重问，只怪春雷惊断。甚相思无从说起，还赖一双牙管。　　分明当面，爱而不见，多事红丝牵绊。嘱付千回，因缘一线，做个同功茧。寻消问息，如兰吹气，应彀几番留恋。只防伊些儿道着，惹人覥覗。

◇覥覗：同“腼腆”。

望江南

支离骨，一阵峭寒惊。病似秋潮常有信，药如春雨太无凭。愁理玉鞾笙。

◇鞾：同“靴”。

祝英台近

夜沉沉，云暧暧，悄起看河界。暗祝心期，拜罢又重拜。生怜露屧攲花，风鬟侧月，怎禁受嫩凉如海。

钿盟在。试寻一带银塘，莲叶未全败。双桨来时，众里有人睐。只今朱雀窗前，玉鹅屏底，侭宽褪研罗裙带。

兰陵王

小窗格，尘满茜纱怨蜥。闲庭外、疏星耿凉，数点悽花忍重摘，玉笙和恨炙。遮莫瑶情减却，如今不思伊怎休，几个黄昏没将息。　　依稀小眉碧。记坐近兰缸，清话难得。溅香霜柚芳亲擘。更绣被烘罢，狸奴去后，偎人浅笑自脉脉，这欢悰都掷。　　岑寂。伴愁客。賸嵌影单弧，寻梦双屐。簾钩颤处斜风入，误环珮归也，迴身犹觅。酒醒烛炧，泪暗揾，袖已湿。

醉太平

尘埋凤靴，香销翠窝。柳花庭院风多，正猧儿睡那。

芳华半蹉，心期半讹。丁宁燕子寻他，道清明又过。

卜算子

宝瑟十三徽，泥拨红酥手。生平梨花情性偏，密语温存久。　　几雨试茶风，半臂新添后。笑问西家蝴蝶飞，白骑人归否？

◇红酥手：原作“红酥子”，“子”误径改。

浣溪纱

桂帐馀阳热未残。横陈珠袜褪双弯。痴蚊纤掌避应难。　　半熟茶端唇外试，半蔫花卸鬓边看。生怜偷得几分闲。

三姝媚

锦囊驮细马。听饧箫声长，好教游冶。小柳迎人，便学他青眼，解窥簾罅。别后光阴，添了你几分娴雅。千种离情，半盏茶时，怎生勾卸。　　惆怅芙蓉抛谢。感一片兰言，向侬温藉。水样浮名，漫累伊贬了，明珠声价。辗转思量，总不是相逢未嫁。惟把无题词句，归来细写。

江城梅花引

那人从不解相思。比红儿。胜红儿。抱月飘烟，一尺小腰肢。堂下簸钱轻似燕，禁不住，坐人怀。晕雪肌。

雪肌。雪肌。费猜疑。簾又垂，烛又移。问也问也，低问与玉漏何其？今夜长卿渴疾要卿医。销尽柔魂多未得，还只倩，笔尖儿，供养伊。

浪淘沙

（二弟自法国来函云："巴黎城上飞艇飞机往来如织，偶一登之，其乐无艺。因赋二诗，寄呈阿兄，并索和也。""羊角风轻驾片槎，乱穿云汉转天涯。月明沧海留孤影，风急星河犯玉华。红叶秋江惊宿雁，夕阳红树堕残霞。何年飞降桃源境，鸡犬争喧电部车。""轮机稳速近来精，式样新添齐柏令。雪闪高山探虏窟，云横古垒动危旌。虹桥露重五铢冷，月殿光微片翼明。回首茫茫烟雾绿，不知何处是瑶京。”报以二词。）

只艇大洋西。笑汝能飞。泠然列子是耶非？指点绿杨城郭近，道是巴黎。　　云压小眉低。回首凄迷。吹箫拔宅待何时。我本大罗天上客，何限依依。

银汉晚潮收。料汝曾遊。神仙终古恨难休。试摘白榆钱十万，借与牵牛。　　何处响飕飗。玉宇琼楼。高寒愿汝少勾留。转棹若逢丁令鹤，寄个诗邮。

金缕曲（唁沈山灵悼亡）

溼透青衫袖。最无端鸾离鹄别，钗分镜剖。从古宝鬘雲易散，何况瑶台佳偶。怅春到荼蘼开后。一片红鹃留不住，遍青山、啼得东阳瘦。酸切处，怕回首。
年时我亦伤春够。数新词弔花哭月，十之八九。须信才人多薄福，更不如君还有，只几见白头厮守。噙泪看天何梦梦，试相携、同把灵阍叩。返魂术，可知否？
◇溼透：一作“湿透”。

高阳台（庚申春莫重过浒墅关作）

剑泪弹空，琴心负尽，忏红又堕鬘天。瘦马残衫，劫来何处留连。璇宫卅六容人叩，盼银墙险陡依然。只年年窄绿双鸳，不到苔边。　　娇莺记共芳姿小，怎书声一串，触耳清圆。忍俊兰姨，误他裙褶都仙。夕阳红惯飘零样，隔房山螺髻犹偏。问人间，宿草春芊，可似蚕眠？

忆旧游（九月十八日独游惠麓寄畅园）

正苔魂剗碧，棠泪堆红，蝶病销黄。寂寞登临感，纵名园秋好，已过重阳。坐我知鱼槛畔，万绿静生凉。记作对兰舆，冷泉去日，似此风光。　　纱窗试齐拓，镇懈叶无言，纷扑琴床。莫认分携处，怕野云古柳，还写明妆。賸把一襟愁思，收拾到词囊。更旅店今宵，孤衾醉觅痴梦长。

迈陂塘（送冰畦伯之吉林）

酿离情嫩寒如酒，替人又饯秋去。铜章一吏金河外，十鬓丝吹絮。南满路。看雁底关山，信美谁之土。塔名宁古。问一集秋笳，黍禾唱彻，消得醉魂否？　　江乡事，付与故园鸥侣。遂初且自休赋。车唇挈取双鹣影，添得膝前笑语。应惜取。只倦羽天涯，别有悲秋句。何时重聚。向蝤袅溪头，缁尘浣了，商略苴篱雨。

减字木兰花（有寄）

红妆季布。敢问别来无恙否？得婿休瞒。燕子来时我已谙。　　兰言在耳。那料心期成逝水。雪北香南。苦忆狂花十丈缣。

恋绣衾（戏示肖梅）

山头月子黄复黄。倩魂驰灯火那厢。嫁一个酸和靖，笑梅花太欠主张。　　眉峰槛外悽然绿，比当年褪了远长。找胡蝶低低问，带箫声飞在隔墙。

寿楼春（用梅溪韵）

惹蜀笺馀芳。正轻绡约钏，微响芸窗。记送素心人去，衰柳残阳。缄鹦舌，拗莲肠。怨何戡年时清狂。看两翅额云，半襟零雨，薄病不胜妆。　　江南路，屏山长。逗相思寸寸，吹漏箫腔。苦念低篷短烛，有客神伤。辜佳约，抛柔乡。叹不及月子随郎。且醉倒罏头，风来黄花摇暗香。

◇罏头：一作“垆头”；罏，同“垆”。

蝶恋花

惨绿春华如逝水。漠漠孤踪，尝遍辛酸味。酒国边陲腾鬼气。浇愁那觅灵均泪。　　自古侏儒能饱死。如此头颅，碌碌因人耳。斗大长沙何足齿。安能郁郁长居此。

浣溪纱

人似幽兰得气先。不将脂粉污清妍。薄寒况是养花天。　　愿化汝窑瓶一个，一生厮守镜台前。黄昏时节镇相怜。

蝶恋花

万树垂杨垂不得。若个红楼，燕子曾相识。月腻风纤无气力。有人楼上初将息。　　一道银河清且窄。天是男儿，也有怜花癖。我本情场无阅历。年来做了王安石。

青玉案（清明归途，用东坡韵）

濛濛一径杨花路。是流水，随侬去。野岸荒湾谁与渡？几拳痴鹭，那时曾识，立在春归处。　　家山容易看春莫，驿壁模糊旧题句。欲浣青衫愁不许。断肠声里，者番重听，箫鼓前村雨。

南歌子（艳词）

腰里鹅儿带，眉间燕子巾。笑语画堂春。木兰原不是，女儿身。　　座上人如月，筵前月似银。坐久作微呻。一庭花失色，爨为薪。

衣是秦纨制，衾宜蜀麝薰。放诞恣相亲。莫愁银烛短，侭销魂。　　名士论斤卖，于今值几文？此语酒边闻。樊川同一笑，舌教扪。

定西番（拟温庭筠）

秋信长门金阙，莲漏定，翠帷开，响宫槐。　　诉与海棠休发，绣伊双睡鞵。此意隔墙黄月，不能猜。

荷叶杯（拟顾夐）

金雁辽阳初到，书渺。陌上柳参差，玉儿憨小解相思。知摩知，知摩知？

一片空江烟浪，春涨。江上好行舟，杨花作雪打人头。愁摩愁，愁摩愁？

兰琖那回低劝，娇媚。浅笑整罗裳，微开茉莉鬓边香。狂摩狂，狂摩狂？

正是雏云覆额，初觌。不语背香篝，粉光融处脸波柔。羞摩羞，羞摩羞？

宿泪暗销金缕，无绪。门外乱莺啼，绿阴如幄闹红稀。归摩归，归摩归？

欲剪离愁难断，春半。差梦去相寻，梅花无恙报书临。吟摩吟，吟摩吟？

锦帐嫩寒如水，休起。枕畔亸香肩，梦中犹是倚郎眠。怜摩怜，怜摩怜？

弹冷一筝金柱，纤指。烛影乱如潮，玉颜红隔酒觥摇。娇摩娇，娇摩娇？

白袷征人年少，归了。酌罢送春杯，鹧鸪山下画船回。来摩来，来摩来？

三字令（拟欧阳炯）

春草草，事绵绵。晚凉天。银烛下，镜屏前。引箫风，窥幨月，共无眠。　忽然恼，有时怜。是瓜年。相思梦，嫩如烟。雁程长，莺路阔，去郎边。

祝英台近

酒微消，灯欲晦，兜上梦中事。拂拭吴霜，清泪乱星坠。遡来飒飒双眉，宝筝楼下，够几度沉吟憔悴。　感知己。长卿卖赋金多，未要十分贵。洗尽燕支，花草有真媚。便教鸩鸮欺鸾，枭麻谤锦，更何处惹伊裙袂。

◇长卿：原作“长乡”，“乡”误径改。

一鸢风，三尺絮，鸥梦忽惊破。蹋臂来时，垂杨为低舞。也应嚇鼠名高，典骦怀恶，侭颠倒悲欢情绪。　和卿住。门前草似人长，门外白云古。收拾诗巢，猿鹤不轻侮。分明桃粥饧箫，忽忽过却，又听到数声蛙部。

◇饧箫：原作“饧萧”，“萧”误径改。

紫罗毫，青雀砚，楚楚镜台畔。拘煞檀奴，安置不容乱。兴来几笔骚兰，数拳顽石，试补上绣窗同看。　乍来惯。此乡幽似温柔，流光暗中换。捉搦迷藏，鹦鹁隔簾唤。输他屧小敧鸳，巾长绾燕，笑一树好花狂颠。

暮云轻，人影小，相对峭寒峭。天样红楼，明日隔烟淼。归期纤指频抡，月圆月缺，有云外嫦娥偷瞧。
太恡愺。闭门竹影萧疏，瓶笙沸茶铫。私语些时，琼姊不来扰。妙严宝相无方，珠珰卸了，装一个渔姑能肖。

掩齐纨，抛楚簟，薄病镇依黯。娇怯心情，妆罢翠眉敛。殷勤杏酪牛羹，邮车频馈，更无奈不教多啖。
发垂髿。瘦来抱月纤腰，一尺几分欠。盼遍音书，菱镜只愁揽。漫言客里狂奴，今番憩矣，负几许蛾眉肝胆。

好花残，明镜缺，厮守已三月。情史改场，春事到鶗鴂。伤心娇喘沉时，断霞明处，剩数语丁宁长诀。
泪空咽。负心不斩男儿，天意复何说。夜夜萧斋，啼遍杜鹃血。从教焚砚椎琴，拗莲捣麝，怎解得这重冤结?

浣溪纱（南翔古猗园题壁）

竹树屏围一座幽。纱衣人上小茶楼。浮生半日可容偷。　　饥凤不来春草草，凉鸳欲睡夜悠悠。徘徊细觅旧风流。

金缕曲（金陵道中）

瘦马还相识。又驮来清霜古道，乱烟斜日。马上征衣西风冷，欲控青丝无力。细认取个人颜色。除却眉棱些儿地，早平生英气都消失。鞭指处，古城黑。　　年时湖海伤飘泊。好金陵山温水腻，久违游屐。是度重来山灵笑，风景何曾异昔。只何事独成悽抑。一把柳丝垂垂老，向渔阳、集里愁难拾。襟上泪，不须拭。

蝶恋花（登清凉山扫叶楼题壁）

万绿藏山藏不去。树树西风，逼出秋无数。一座危楼山托住，米家画里无寻处。　　眼底几重城堞古。六代兴亡，说甚凭和据。扫叶僧来应不语，萧萧楼外声如雨。

惜红衣（将入楚作，用白石韵）

送鹢迴潮，教莺避日，一筝风力。拂拭春空，愁来两眉碧。红尘冠盖，谁解忆江关词客。岑寂。萍底旧沤，滞樽边消息。　　群芳巷陌，粉屐铢衫，闲欢乱尘藉。烟帆忽渺故国，洞庭北。料理楚兰悽调，付与雁奴亲历。更梦中纤手，低指大姑山色。

前调（入楚不成，羁滞宁垣，心魂依黯，更成此解）

禅味逃虚，雄心蹙日，浅消醒力。万变沧波，征衣黦愁碧。遥山暝赴，奈几树鹃声留客。魂寂。凉雨短灯，堕阿蛮香息。　　十年紫陌，何事狂踪，浮名一时藉。天涯咽念水国，路南北。强把一痕诗梦，归语白云寻历。

怕宝筝楼下，悽损玉梅颜色。

解连环（用清真韵）

锦缄遥讬，怜荒波稚柳，冷春绵邈。掩网户欲对清樽，恐江上杜鹃，怨情啼薄。旧院秋千，晚风打夕阳绳索。记高楼暝语，碎剪梦云，疗别无药。　洲边怕生蕙若。况飞霜鬓底，飘雨眉角。肯忘了箫局温香，把水样孤衾，待总推却。多少相思，拚寄与故山红萼。猛天涯遍寻不得，断鸿下落。

朝中措

茗花扶影散虚廊，簟波流梦长。危栏烟柳堕昏黄，翠樽双泪凉。　丛笛老，画叉荒，罗帷生玉霜。十年哀感向残唐，何人知断肠。

阮郎归

蕙炉香袅曲屏边，闲梦绕秋千。粉管搁残芳讯，碧箫悽损华年。　羊灯收尽，珠簾下了，一种恹恹。忽忆辛夷风底，玉纤弹瘦鹍絃。

洞仙歌

曲琼窗底，觑嫩晴光射。兰息犹沉锦帷罅。把猧儿唤去，婴母捎回，却不禁、翠尾一朝闲话。　十分怜惜处，罗帕新痕，晾在花阴旧时架。拥被几惺忪，绮梦回时，放一桁簾波如泻。道做了、檀奴要勤修，便扫地焚香，有何疑讶。

菩萨蛮

玉钩颤梦行云悄，麝烟不隔闻浓笑。宿雨牡丹肥，鸾衾语一丝。　　度墙珠漏细，未许乌龙嚏。偏是月胧明，眉痕宛转清。

夜莺啼绿双溪雾，钿蝉钗股凝香堕。斗帐熟红樱，娇眸腻似饧。　　薄裥遮翡翠，替卸诃梨子。烛焰敛风才，镜屏无数山。

蟲蟲□结缸花冥，蟾娘生小闻秋病。枕角惜馀欢，微馨护若兰。　　欢多销病骨，欲避还痴绝。千二百轻鸾，教他一例瞒。

◇□：原文漫漶不清。下类同。

落红记得秋千底，绣鸳凉露浓于水。今夜抱伊眠，入怀教细怜。　　媚兰香乍馣，却惹维摩感。取次祝眉稍，工愁要福销。

八声甘州

隔红簾啼损画眉儿，开簾暮云垂。有茶烟弄暝，桂香惹梦，凉月丝丝。似药炉当日，半臂忍寒时。无限销魂意，银烛能知。　欲问碧山旧约，奈蛮娘悽怨，吹入参差。只江潭柳色，何事总依依。祝箫心再休惆怅，怕淮南鸡犬为伊痴。还凝听，有秋声处，都是相思。

齐天乐（双十节感赋）

南云朔雁都疑梦，关河未随秋老。蜃市嬉灯，鳌山走马，赢得欢遊多少。重阳尚早。奈几度销凝，洛尘盈帽。指点楼东，冷枫叶叶倩谁扫？　庚郎暗萦愁抱。中原回望眼，一发青杳。冈上花黄，陇头月白，解说长眠也好。生涯草草。怕明岁依然，砌蛩能料。收拾雄心，酒罍和泪倒。

小重山

高髻当门耐晚凉。一双筝雁小，傍伊行。湘兰媚绝楚云狂。金樽底，重与讯残妆。　密径暗尘香。临邛归计左，悄商量。含嚬指点远山长。谁家瓦，今夜有微霜。

浣溪沙（南城半闲社饯秋雅集）

偷得浮生一半闲。东篱容易晚香残。韶华惜取再来难。　绿鬓欺人宜白堕，黄花笑我也酡颜。萍踪喜共雁同还。

小重山

小小珍丛小小枝。是他亲简与，去鸿知。四厢黄月似当时。纖桂薄，愁绝露华滋。　　掩敛镜中眉。蘅芜香梦重，觉来痴。江南垂柳为君垂。柔波远，流不断相思。

减字木兰花

药烟敛夕，隔雨蛮春眠小极。筝语楼西，梦里梁园晒蝶衣。　　沧波泻泪，滞我尘樊终已已。何处孤篷，犵鸟猺花路万重。

高阳台（春遊）

芳艸黏裙，遊丝罥鬓，荒溪不碍春阴。酥雨前番，凤韡挑菜曾临。狂鞭拚逐东风远，奈珠钿零落难寻。黯园林。啼遍红鹃，唤遍青禽。　　沉沉欲问春消息，怎杨花糁泪，吹逗箫心。望极吴波，断肠人在江浔。解鞍莫负金樽浅，换骦裘且自抵斟。漫愁吟。扶醉归来，蛱蝶横簪。

沁园春（新美人足）

仙子凌波，爱好天然，娉婷画中。爱压衾斜矗，莹莹六寸，傍簾浅露，楚楚双弓。罗袜宜宽，霞裾不碍，束缚何尝到个侬。银灯燦，怪香钩情眼，刻拟偏工。

花前量取春风，道比並檀郎总不同。只月台联步，一般轻健，云氍点拍，直恁春容。屏角怜娘，炉唇让姊，驰上金梯带乍鬆。凝思处，问幽阶昨夜，底事苔封。

绮罗香（咏紫罗兰化妆粉）

碾月成硝，烘云做絮，□雨暖风春透。钿匣团栾，珍重绣奁之右。漫挑拨惊燕钗梁，怕沾惹舞鸾衫袖。最怜他、纤掌搓□，□妆楼上两眉斗。　　妆成何限娇蒨，记取芳名好，色香俱有。笑说渠侬，也似紫兰花否。消受到宝枕横□，收拾起金盆靧后。蓦忘却镜屉星星，阿侯搬弄久。

高阳台（梁思杨令茀女士塑制大观园模型）

装点烟霞，剪裁莺□，春风缩了柔乡。小样亭台，绕伊尺咫银墙。绛珠枉道归离恨，砌相思犹住潇湘。认啼鹃，绿瘦纱窗，□褪斜阳。　　分明一掬梁溪水，问溶溶底事，学做迴肠。几日深闺，费他心手商量。个中结构知何似，似□梁短艳文章。怕伤春，分付蚕娘，移动过西厢。（此型将归美国博物院。）

鹧鸪天

白日开笺恨□禽。断肠芳草满江浔。薜萝苦作家山梦，兰杜空为水泽吟。　　茶味酽，酒痕深。暮愁如发动簾阴。长鸿往迹和谁说，悔尽鸥夷一夕心。

浪淘沙（自题《斜阳烟柳录》说部）

侧帽暮云黄。老我时狂。飞花和梦扑空江。剑气箫心都莫问，一例迴肠。　往事怕思量。草草柔乡。翠樽咽泪四絃僵。况是危栏凭不得，烟柳斜阳。

整理后记

《填词门径》是现代诗人、学者顾宪融的词学著作。顾氏字佛影，著述多有署名“佛影”者；号大漠诗人、红梵精舍主人，词集即题曰《红梵词》。曾任商务印书馆及中央书店编辑，抗战期间避居四川任大学教授，抗战胜利后返沪教学、办刊等。

顾氏才思敏捷，诗文词曲均有较深造诣。创作除诗文词曲，尚有杂剧、传奇等；著述有《文字学》《虚词典》《中国戏剧简史》《评注剑南诗钞》等。传统文化普及性著作，则有《作诗百日通》《古今诗指导读本》《填词百法》《填词门径》，以及《增广考正白香词谱》等。

《填词门径》是顾宪融的第二本词作法著作，民国二十二年（1933）上海中央书店初版，署名“佛影顾宪融”。这是在此前《填词百法》基础上的新著，全书分为两编，上编“论词之作法”，下编“论历代名家词”，还附有《红梵精舍词》数首。

此次整理，除简体横排、新式标点之外，原文照旧，并保留部分异体、古体字。此外的处理包括：文字误植、异文，一般随文分别以〔〕（）注出；词作异文、误植，为版式整饬起见，在词后注出。讨论作法或评说词家的论述，尽可能脚注出处；有的则更多征引——此类注释，缘于引文与原文不尽一致，注出本文，当属必要；间或补充文本，亦不无益处也。涉及词韵的词作，均按原书符号注出平仄等；其余只涉及句读者，则标点而已。书中句读与今本不同者，如姜白石《扬州慢》（“淮左名都”）末句，吴梦窗《莺啼序》第一阕末句等，一般遵从原著，并予说明。

顾氏谓“学词应先读词”，而读词“宜先近人而后唐、宋，取其时代相近，材料背景多相似也”。准此理念，顾氏词作，亦当在可读之列。故此次整理，将顾氏《红梵词》从《佛影丛刊》（署“南汇顾佛影”，浦东旬报社民十三/1924年初版）录出，一并收入，（《佛影丛刊》文前“题词”，均涉及《红梵词》，故亦录入。）也可算是理论、实践形成“双璧”了。

由于本人水平有限，整理中不无缺漏错讹，尚请读者方家多予批评指正。

整理者

癸卯年初春